KiWi
Paperback

KiWi
637

Das Unerfreuliche zuerst

Sibylle Berg

Das Unerfreuliche zuerst

Herrengeschichten

Kiepenheuer & Witsch

Special Guests: Patrick Wirbeleit (18 Bilder),
Till Lindemann (2 Texte)

2. Auflage 2001

Umschlaggestaltung: Barbara Thoben, Köln
Umschlagmotiv: Patrick Wirbeleit, Kiel
Gesetzt aus der ITC Gamma
Satz: Greiner & Reichel, Köln
Druck- und Bindearbeiten: Clausen & Bosse, Leck
ISBN 3-462-03037-X

Dank den geliebten Herren Peter L.,
Benjamin v. S.-B., Matthias L. und Helge M.
und mein aufrichtiges Mitgefühl
allen armen Männern auf der Welt.

INHALT

Ruhe

Nicht dass ich es besonders originell gefunden hätte, im Regen zu laufen. Ich wusste nur nicht wohin. Es war ein Sonntag gewesen und es war Sommer. Aber kalt. Kalt und feucht und dann fing es zu regnen an, auf den Strassen niemand, in den Häusern vermutlich auch nicht. Ich weiß kaum mehr, ob ich dachte, damals, dass Sonntage besser zu ertragen seien, wenn man nicht alleine wäre. Ich versuchte mir vorzustellen, wie ich mit einer Frau oder irgendwem im Bett läge, den Regen schauend. Und ich dachte damals, jeder, den ich mir vorstellen könnte, im Bett neben mir, würde an einem Sonntag dieses Gefühl, eigentlich schon gestorben zu sein, nicht von mir nehmen können. Ich ging also raus, ohne Schirm. Nicht weil ich etwas spüren wollte oder weil es ein schönes Bild gewesen wäre, so nass wie ein Hund zu laufen. Ich hatte eben keinen Schirm. Neben meiner Wohnung hielt sich ein Park auf und der Regen wurde stärker. Es war kein schöner, weicher Sommerregen, sondern ein kalter, spitzer, ein Winterregen in Polen. Und nach ein paar Minuten wurde aus dem Regen etwas, das mir das Gefühl machte, in ein Meer geraten zu sein. In ein polnisches. Da war ein Pavillon in diesem Park, eine steinerne Abscheulichkeit, vermutlich von einem kichernden, infamen schwulen Pudel designt, so sah das Ding aus, dort hockte ich mich auf den Boden, sah ins Meer hinaus und langweilte mich in der Wiederholung meiner Gedanken, die waren wie der Tag.

Als meine Augen nicht mehr wussten, was sie meinem Hirn erzählen sollten, kam aus dem Wasser eine Gestalt gerannt, es war ein Mädchen oder so etwas, ich weiß es nicht mehr, es ist zu lange her, weiß nur, dass ich ihr Gesicht sah, das verschwamm, oder meine Augen schwammen, es war alles so feucht und es war dieser Moment.

Ich erkannte, dass das Mädchen für mich war. Ich sah durch ihre Augen, deren Farbe nicht wichtig war, sie waren wohl golden, ich sah bis ganz hinunter und wusste.

Dieser Mensch war für mich, es war mein Mensch, wir saßen auf dem Fußboden, im Regen, und sahen uns an. Ich sie, sie mich, ich sah, wie mein Leben wäre mit ihr, im Bett liegen sah ich uns, an verregneten Sonntagen, sah uns lachen, uns tragen, sah uns alt werden und wusste, es würde nur die eine geben.

Vielleicht weil es immer nur eine gibt. Und ich dachte, sie wüsste es auch, und wenn der Regen aufhören würde, gingen wir einfach zusammen weg. Der Regen wurde langsamer. Wenn sie nun gehen würde, dachte ich, dann würde ich sterben. Sah sie an und wartete. Auf einen Satz, ein Wort, ein Lachen, etwas, dass ich ihr sagen könnte, dass nun alles gut sei.

Doch sie sagte nichts.

Sah mich nur an.

Und der Regen hörte auf. Nach Stunden oder Jahren hörte er auf, der Regen, und das Mädchen, vielleicht war es auch eine Frau, ich weiß es nicht mehr zu sagen, blieb am Boden sitzen, sah mich an und ich sie, sie sagte nichts und ich hätte doch nichts zu sagen gewusst.

So stand sie auf, langsam, wie der Regen geendet hatte, blieb noch stehen, prüfte mit beiden Händen, einer nach der anderen, langsam, ob es wirklich trocken sei, es war, sah mich an und ich sie, dann ging sie.

Ich blieb am Boden sitzen.

Ganz kalt war mir, ich konnte mich nicht bewegen, denn dort lief sie, langsam den Parkweg, den feuchten, entlang und mit ihr alles.

Sie drehte sich noch einmal um, ich wollte laufen, zu ihr, doch konnte ich mich nicht bewegen, hätte auch jetzt das Wort nicht gewusst.

Als die Nacht schon lange gekommen war, ging ich heim.

Es ist mir, als wären die zehn Jahre, die der Sonntag zurückliegt, zu einem Tag zusammengeflossen, der aus lauer Luft und Leere bestand.

Bis ich sie wieder traf. Vor kurzem, und sie sah aus, als wäre nur ein Tag vergangen.

Sie hatte ein Kind an der Seite, ein recht großes Kind, stand hinter mir oder neben mir, ich glaube in einem Laden, es ist egal. Und sprach mich an. Wie geht es dir, sagte sie, ich sagte, warum hast du mich nicht angesprochen damals, ich glaube, es würde mir heute besser gehen.

Sie sagte, mir ist doch kein guter Satz eingefallen.

Dann ging sie, mit dem Kind, dem großen, an ihrer Seite, und umgedreht hat sie sich nicht, neulich, als ich sie wieder traf.

GV – Ein Jahr

Januar Auch mit Mitte fünfzig ist mein Trieb immer noch außerordentlich.

Er beherrscht mich seit Beginn meiner Geschlechtsreife. Ein Meister, dem ich mit Jawoll diene. Mein erster Intimkontakt war Fleisch geworden aus einer messerscharf am Down-Syndrom vorbeigeschlitterten Mitschülerin. Die leichte Krankheit machte sie für mich zum Prototyp der idealen Frau. Für Gespräche nicht relevant, weil die Gedanken zu sehr durchwoben von wirrem Gefühlszeug, das die Frauen nicht unter intellektueller Kontrolle haben. Nur warme Körper, die geschaffen sind, um einem Mann zu unterliegen. Sich von ihm ausfüllen zu lassen. Liegen sie mal, sind das die Momente, in denen Frauen die Klappe halten, akzeptieren, wo der ihnen von Natur aus zugewiesene Platz ist. Im Gegensatz zu Frauen, die ich später leider kennen lernen sollte, die auf Grund attestierter Normalität glaubten, einen Zugang zu intellektuellen Dingen haben zu können, schickte sich meine erste aufs anschmiegsamste in die einzige Rolle, die einer Frau zu Gesicht steht: Eine warme Bettflasche mit feuchten Öffnungen. Nun wird der eine oder andere denken: was für ein dummer Mann. Der leicht prähistorische Geruch meiner Äußerungen mag diesen Gedanken beim bloßen Darübersegeln nahe legen. Aber seien wir bitte ehrlich: Was hat sich am System Mensch verändert, seit – was weiß ich denn, seit wann es den Menschen gibt? Können Sie das beschwören?

Wie lange er auch existieren mag, es ist ihm trotz atmungsaktiver Trikotagen nicht gelungen, sich über seinen Charakter zu erheben.

Fressen, Kot lassen, ficken. Neid, Angst, alles da, alles an seinem Platz. Ich spreche nur aus, was ist, was jeder Mann denkt und nicht mehr zu formulieren wagt.

Männer sind für etwas gut, Frauen auch.

Da gibt es kein besser oder schlechter, nur sollte keiner meinen, einen anderen Platz einnehmen zu können als den ihm zugewiesenen.

All die Gespräche, an mit Tropfkerzen bestandenen Holztischen, zwischen Männern und Frauen. Reden sie umeinander, um das eine, ficken wir oder nicht. Hast du die Gene, nach denen mir verlangt, hast du das Becken, was es braucht? Mehr ist es nicht, glauben sie mir. Und viel Ärger und Zeit könnten sich die Menschen sparen, akzeptierten sie, was es heißt, das Menschsein. Ich mache da kein Gewese. Ich will mich vermehren, will mich entladen und das mit einem großen Gerne. Ich akzeptiere meine Aufgabe, wenn sie so wollen. Braver Bürger. Einmal umsonst.

März Man könnte meinen, wenn man wie ich mit einem über Gebühr entwickelten Trieb ausgestattet ist, hälfe es, sich selber Erleichterung zu verschaffen. Doch ich denke, darum geht es nicht. Die wirkliche, wenn auch kurzfristige Erfüllung finde ich nur, wenn ich zwischen weichem Fleisch stecke, wenn ich eindringe, mich tief grabe, mich explodiere und erweitere. Sozusagen.

Alles, was weiblich ist, lockt mich und setzt meine Produktion in Betrieb.

Als ich jung war, gab es keinerlei Probleme. Ich sah gut aus, der gewisse Geruch von Sex machte die Mädchen nicht lange zögern. Ich dachte in meiner Jugend, dass es das Einfachste sei, Rockstar zu werden. Ein Beruf, den ich für angemessen hielt. Das Singen von Rocksongs, nichts anderes als der Brunftschrei der Steinzeit. Das Zurschaustellen der sexuellen Merkmale auf der Bühne, sich preiszubieten dem Blick Tausender Frauen im geschlechtsreifen Alter, die Verkörperung des Endes der Nahrungskette, das schien mir mein Weg. Ich hatte damals noch nicht begriffen, dass sich das Leben seine Kandidaten aussucht, nicht andersherum. Die wenigen Jahre, die ich als Rockstar verbrachte, machten mir klar, dass ich es auf diesem Sektor nie zu Weltruhm bringen würde. Und auf lokaler Ebene ist die Auswahl der Mädchen, die sich einem in den Schoß werfen wie frisch gewaschenes Obst, eher auf unterentwickelte Kleinstadtschönheiten beschränkt. Zu benutzt. Ich hatte damals noch Mühe mit benutzten Mädchen. Ich wußte zu genau, was Männer mit ihnen tun, was sie in ihnen sehen, und keine Frau kann mir erzählen, dass sie, hat sie einmal ihre Unschuld verloren, noch etwas anderes ist als eine Hure. Das kriegt man nie mehr rausgewaschen. Aus dem Unterleib und aus dem Hirn, die Hormone, die nach Stopfung schreien.

Wir tingelten durch Kleinstädte, schliefen in schlechten Hotels. Ich hatte Verkehr mit mäßig attraktiven Mädchen. Nach fünf Jahren gab ich den Gedanken auf, einen Beruf zu finden, der sich meinem Trieb unterordnen würde. Ich ergriff im Anschluss irgendeine Tätigkeit, die hier nicht zur Debatte steht. Es war mir nie etwas wichtig außer dem Verkehr. Es ist eine schöne, warme Sache, wenn ein Mann sein Lebensmotto begreift.

April Schon morgens beim Aufstehen denke ich an Geschlechtsteile, an Brüste und Kerben, ich habe dann eine dermaßen wuchtige Erektion, dass es mir selbst mit anhaltendem Duschen kaum gelingt, das Gemächt in der Hose zu verstauen. Wenn der Trieb kommt, gerate ich in Rage. Etwas, das sich anfühlt wie Feuer, schießt durch mich, vernebelt mein Denken, macht mich unklar, nur noch zu einem großen Schwanz, der unvorteilhafterweise aussieht wie ein Mensch. Dann will ich meinem Job nachkommen, und im Anschluss kann ich wieder für kurze Zeit der Illusion anheim liegen, ich sei etwas anderes als ein Geschlechtsorgan.

Ich hatte, wie gesagt, lange keine Probleme Frauen zu finden. Selbst als ich einen normalen Beruf hatte. Es ist ein Gerücht, dass Frauen nur an Macht und Geld interessiert sind. Oder an gutem Humor.

Gefehlt, alter Schwede.

Frauen sind an nichts anderem interessiert, als sich zur Fortpflanzung bereitzustellen. Überprüfen sie es. Gehen sie als einigermaßen, und die Betonung liegt auf einigermaßen, gut aussehender, gepflegter Mann in eine Kneipe, einen Club, halten sie die Spielregeln ein. Frauen sind so leicht zu befriedigen. Zuhören, ausgeben, lächeln. Ich schwöre ihnen, sie werden immer mit einer heimgehen, und es wird nicht die Schlechteste sein. Frauen suchen das Gespräch. Suchen Nähe, Wärme, Verständnis, das Wichtigste sei ihnen des Mannes Qualität als liebevoller Freund. Dreimal gelacht. Oder mehr.

Eine Frau muss eine Taille haben. Hüften, einen Arsch, sie muss Brüste haben und einigermaßen reinlich sein. Mehr kann man nicht erwarten. Jungfrauen kann man ab einem gewissen Alter nicht mehr erwarten. Was bleibt sind die Huren und die Schauspielerinnen. Dasselbe. Zu etwas anderem taugen Frauen nicht. Etwas anderes gibt es nicht. Und das ist nicht frauenverachtend gemeint. Ich verachte Frauen nicht. Ich finde nur lächerlich, wenn sie so tun, als seien sie etwas anderes als freundliche, leere Löcher. Jede Frau, ein paar Lesben ausgenommen, wirft sich jeden Tag auf den Geschlechtsmarkt. Mehr oder weniger intensiv reiben sie sich mit Cremes ein, mit Körperlotionen, sie biegen ihre Wimpern, tragen Feinstrumpfhosen auf enthaarten Beinen, frisieren sich, sprayen sich, malen sich an, wählen Kleidung, unter der ihre Formen ablesbar sind, verwenden Parfüms, quälen sich in anstrengendem Schuhwerk, färben sich, frisieren ihr Scheidenhaar, tragen duftende Slipeinlagen, lackieren sich. Und wozu, bitte schön, um nicht am Wettbewerb teilzunehmen?

Mai Es sind Huren. Aber das ist ja nicht schlimm, denn ich bin der geborene Freier. Ich gebe, wonach ihnen verlangt. Dass sie einen Mann nach einem intensiven Verkehr gerne länger bei sich behielten, liegt nicht daran, dass Frauen so romantische ernsthafte Geschöpfe sind, sondern einzig an der Natur, an den Hormonen, die ihren ohnehin debilen Geist verwirren und ihm einflüstern: Aufzucht, Aufzucht, Aufzucht.

Ich habe Tausende gehabt. Abends kennen gelernt, kein großes Brimborium, bis man im Bett lag, dann fing ich an zu leben. Erst dann. Eingegraben zwischen ihren Fleischbergen, ihren Haaren, ihren Lippen, mich in sie versenken, explodieren, na den Rest kennen sie. Nach dem Verkehr ist eine Frau für mich nicht weiter interessant. Selten habe ich ein zweites Mal Lust auf ihren Körper, das Gerücht von der Angenehmheit vertrauter Leiber ist eine Geschichte, die Aufzucht Aufzucht Aufzucht schreit. Vertraute Körper interessieren mich nicht. Eine Beziehung zu einer Frau interessiert mich nicht. Wie kann man mit etwas auf freundschaftlichem Niveau verkehren, das intellektuell nicht sehr gefestigt ist?

Seit einigen Jahren wird es für mich schwieriger, meinem Drang wie gewohnt mehrmals am Tag nachzugehen. Die Frauen ziehen sich zurück. Ich strahle keinen Reichtum aus und das Alter lässt mich nach schlechten Genen riechen. Ich muss immer öfter für den Verkehr zahlen. Darüber will ich mich nicht beklagen. Meine Meinung kennen sie. Eine Nutte ist die Reinform der Frau. Immer wenn ich auf der Straße oder im Büro Frauen sehe, die in ordentlichen Kostümen, mit Brillen (Frauen mit Brillen sind so absurd wie Neger mit Anzügen) wichtig daherreden, auswendig gelernte Sätze reden, die sie von Männern kopieren, dann denke ich mir die Frauen nackt. Dann weiß ich, wozu sie taugen. Ich verkehre also gesellschaftlich seit einiger Zeit in sexuell nicht so etablierten Kreisen. Verkehre mit Kneipenbekanntschaften in Swingerclubs, die eine sehr ehrliche Einrichtung sind. Paarungsmaschinen. Ein Überangebot von Fleisch und weiblichen Geschlechtsteilen, um die männliche Geschlechtsteile buhlen.

Ach, der Ekel der Intellektuellen, die von Pantoffeln in solcherlei Clubs zu berichten wissen. Was interessieren Pantoffeln, wenn eine Möse ein wenig weiter oben drinsteht?

Juni Ja, inzwischen bezahle ich für Sex. Es ist egal. Wofür soll ich sonst bezahlen? In der Mittagspause gehe ich zu Nutten, nach Feierabend nochmals, und mitunter morgens um vier das letzte Mal. Ich reibe und lecke und schmatze und schleime, Menschsein ist etwas Schönes, etwas Ekliges, ich liebe es. Ich schätze den Geschmack von ungewaschenen Geschlechtsteilen, die hohlen donnernden Laute, die es macht, wenn Luft aus einer Frauenöffnung entweicht, der Schweiß, all das ist mir eine Symphonie. Es kann mir nicht eklig genug sein. Im Gegensatz zu vielen anderen Männern macht mir ein leichter Verfall an Frauen nichts aus. Birnenförmige Ärsche, die man etwas anheben muß, Titten, die man zur Seite zu räumen hat, das sind Aufgaben, mit denen bin ich eins. Ich nehme alles. Ich ficke alles. Immer bereit. Natürlich war ich in Thailand. Ein Paradies. Möchte die Frauen sehen, die empört täten, gäbe es ein Adäquat für sie. Ein Land, in dem sie umschwärmt werden von potenten Bodybuildern mit ständig eregierten Schwänzen. Für ein paar Mark zu haben. Viele. Die massieren und alles in den Mund nehmen. Na Mahlzeit.

Juli Verkehre unterdes ab und an unentgeltlich mit Alkoholikerinnen. Das ist, meine Freunde, zum Trost, was immer geht, wenn nichts mehr geht. Die traurig verschmierten Fotzen, die in stinkenden Kneipen am Tresen hängen. Du kannst sie aufsammeln wie altes Obst. So riechen sie, so schmecken sie, so dankbar sind sie. Wenn du dich durch die Lagen ihrer verschmutzten Kleidung gräbst, zu ihrem nicht minder abgestandenen Fleisch, die weißen Füße, die Belege, schimmelgleich. Aber inwendig, und das ist eine Erfahrung, für die ich dem Alter dankbar bin, fühlen sie sich alle gleich an. Ein warmer Latexschlauch, der zuckt.

September Natürlich war ich in einer Tantragruppe. Das ist nicht sehr originell, der Gedanke, unentgeltlich ein paar Esoterikerinnen zu nageln. Sie sind meist ganz lieb. So lieb. Ist schon recht. Sie haben mich leider aus der Gruppe geschmissen, nachdem ich mehrfach auf ihre Kuscheldecken ejakuliert habe. Sex war auch gar nicht vorgesehen. Nur streicheln und die Yoni heilen. Habe geheilt. Aber richtig.

Oktober Nichts geht im Moment. Ich zeige ab und an mein Glied Fremden. Ein gutes Gefühl. Sie tun erschreckt, die Damen, doch abends unter der Dusche reiben sie sich in Gedanken an dieses prächtige Gemüse. Ich bin Stammkunde in einem Bordell. Doch dreimal am Tag ruiniert mich. Ich bin ein wenig ruhelos im Moment und frage mich, ob die Natur das so vorgesehen hat, oder ob es an unserer Scheißzeit liegt. Verstehe nicht, wenn Frauen mich abweisen. Besonders die Jungfrauen. Sie kommen ihrer Pflicht nicht nach. Ich bin Mitte fünfzig, mein Trieb ist überdurchschnittlich. Hätte ich mich in einer festen Verbindung domestizieren lassen, wäre heute vielleicht Ruhe. Aber wozu soll dann noch ein Leben taugen?

November Wichsen wichsen wichsen. Glauben Sie, besser wird es dadurch nicht.

Dezember Ab und an nehme ich mir eine. In Parks oder na Sie wissen schon. Kein reines Vergnügen. Die Zeit des Vergnügens ist wohl passé. Sie kratzen. Erst. Und wissen doch schnell, wo ihr Platz ist. Laut Statistik findet kaum noch Verkehr statt. Im pathologischen Sinne bin ich nicht ansprechbar. Nie ging es mir um Macht und Unterwerfung, um Hass. Ich liebe Frauen. Die sich ihrer Funktion klar sind oder durch mich darauf gestoßen werden. Mit einer durchschnittlichen Lebenserwartung liegen noch zwanzig Jahre vor mir.

Die Frau liegt auf dem Boden

Vom Schlafzimmer in die Küche sind es acht Schritte. Also kleine Schritte. Dabei kommt man an der Betthälfte vorbei, in der die Frau immer lag. Liegt da jetzt nicht mehr, hat aber auch früher zu nichts beigetragen. Sie war eine leise Schläferin.

Das ist der Ablauf, seit 40 Jahren. Aufstehen, acht Schritte in die Küche. Natürlich ist es ein Unterschied zu der Zeit, in der man noch gearbeitet hat. Der Unterschied ist nicht ganz deutlich, aber da ist einer. Es war mehr Druck. Es war wohl unwohler. Man ist morgens um fünf aufgestanden. Die Wohnung war kalt. In der Erinnerung war immer die Wohnung kalt, aber vielleicht lag das auch an etwas anderem. Vielleicht ist das nur in der Erinnerung so. Das Kalte, und dann in der Küche sitzen. Am Küchentisch, und die Muster auf der Decke, die könnte man überall erkennen, auf der ganzen Welt. Eine halbe Stunde blieb früher immer bis zum Verlassen des Hauses. Eine halbe Stunde am Tisch, in der Küche, und essen ging nicht, obwohl es sonst sehr gut geht, mit dem Essen, das ging da nicht, morgens um fünf. Da hat es nur dazu gelangt, am Tisch zu sitzen und auf den Hof zu sehen.

Egal was für eine Jahreszeit war, der Blick in den Hof war nie gut. Das Vorderhaus, in einer Wohnung war immer Licht, die anderen dunkel, konnte man sich denken, wie sie noch liegen und schlafen, und die Mülltonnen, ein Baum, nicht so gut entwickelt, ein kleines Stück Himmel. Stets war man wie der einzige Mensch, der auf der Welt lebt. Im Winter in der Dunkelheit und im Sommer, wenn ein paar Schwalben in dem Stück Himmel auftauchten, aber die konnten dann weiter. Nach der halben Stunde, es war immer eine Beklemmung auf der Brust, ging es dann über den Hof, der von unten völlig anders wirkte, nur viereckig, in die Bahn. Das hätte einem Beruhigung sein können, alle, die in die Bahn gingen, die Treppen hinunter, und zu sehen, dass eben doch noch andere leben. Aber es wirkte nicht so. Als ob sie lebten, so wirkte keiner. Das Licht in einer Bahn am Morgen ist sehr hell.

Die Sirene, der Weg durch das Fabriktor, das waren die letzten Momente von Unwohlsein. Danach hat sich das verselbstständigt. Kittel an, die Kollegen grüßen. Da fiel nie ein Wort mehr außer dem Gruß. In der Halle jeden Tag ein vertrautes Bild. Die Paletten, die Ölwannen, die Regale, die Maschinenteile. Die Firma befasste sich mit Ersatzteilen für landwirtschaftliche Maschinen. Die Halle also, das Licht und der Geruch nach Fett. Da konnte einem schon übel werden, aber nach einer Zeit hatte man sich dran gewöhnt. Nach einer Zeit funktionierte man wie eine Maschine, und das war dann gut. Da war nichts mehr von der Übelkeit oder dem Zustand am Morgen in der Küche. Teile zählen, in ein Ölbad tauchen, in Papier schlagen, auf Paletten geben, zählen, und es war gut, zu funktionieren, wie eine Maschine, die Glieder wie Krane. Dass die Hände aufgerissen waren, schien unerheblich. Nur in der Nacht, wenn der Husten kam, wegen des Geruchs, dann war da kein Schlaf zu finden, und es kamen Dinge aus der Kindheit, in der Nacht. Das Sterben ist sehr Furcht erregend. Obwohl Angst sonst nicht sehr bekannt ist. Aber im Bett, wenn man da liegt, hat man immer heftig Herzrasen, wenn man sich vorstellt, das wäre ein Grab und man würde sich darin befinden, mit der Erde über einem.

Das Dorf, wo wir herkommen, ist in einer nicht reizvollen Umgebung gelegen. Es waren sechs Kinder und der Vater war gestorben. Da wurde dann nichts drüber gesagt. Die Mutter saß größtenteils in der Küche. Sie hat nicht geredet. Immer wieder hat sie geweint oder geschrien und ist mit dem Kopf aufgeschlagen. Die Kinder befanden sich in einem Raum, der ohne Heizung war, wie das Haus. Es gab eine Küche unten, da saß die Mutter und hat geschrien, eine Treppe, in der einige Stufen fehlten, und oben der Dachboden, wo die Kinder waren. Das Haus war einmal ein Stall gewesen, und recht zugig. Die Mutter redete nicht und es gab kein Geld. Das Geld kam vom Amt, es hat nicht gereicht. Die Kinder konnten machen, was sie wollten, aber schon da wusste man nicht, was man machen soll. Manchmal hat man Vögel aus dem Nest geholt. Hat sie lange in der Hand gehabt, die Vögel. Sie waren aufgeregt und haben gezittert. Dann wurden sie gestreichelt. Und dann an die Wand geworfen. Das war so etwas, was wir gemacht haben. Es gab viel Prügel. Von den Geschwistern und in der Schule. Die Tage waren schon immer zu lang. Und ausgelacht haben sie einen bereits damals. In der Schule war man nicht gerne. Sie haben einen an der Fahnenstange hochgezogen. Das ist, was dann kommt, in der Nacht. Es ist wie morgens in der Küche, kalt.

Um auf den Tagesablauf zurückzukommen. Nach Beendigung der Tätigkeit, je nachdem, war es dunkel draußen oder hell, aber Erleichterung war da nicht, weil es nach Hause ging. Da waren dann noch Stunden herumzubringen. Und da war also ein Groll auf dem Weg nach Hause. Da begegnete man Leuten, die heimgingen, und wie die einen gemustert haben, so durch einen durch, so egal, und wenn einer zu nahe kam, hat er den Ellbogen in den Bauch erhalten.

Heim und die Tasche abgestellt, in die Küche an den Tisch, da war auch das Essen fertig. Es hat selten geschmeckt und manchmal gab es Schläge dafür.

Die Frau hat man seit 16-jährig. Sie war da.

Da wurde nie geredet über Dinge, die es nicht gab. Die Frau war immer da, wie etwas, was eben immer da ist. Das bringt nichts, über fremde Menschen zu denken. Einmal war sie im Krankenhaus, als sie das Kind verloren hat. Sie war außer sich. Drei Wochen ging das und sie wurde angehalten, auf die Toilette zu gehen, wenn sie außer sich geriet. Kinder hat sie dann keine mehr bekommen.

Nicht dass wir verreist wären. Es wurde schon mal an andere Länder gedacht. Aber das waren keine guten Gedanken. Man weiß nicht, was man woanders soll. Will sich ja keine Krankheiten holen.

Was soll auch woanders sein. Es wird sein wie hier, wenn man an den Häusern entlangläuft, die Beine so schwer, und man will das gar nicht, das Laufen.

Dann lieber sitzen.

Nach dem Essen hat man dann am Tisch gesessen, in den Hof geschaut und gewusst, dass es am Morgen wieder sein wird wie am Abend.

Der Hund ist dann gestorben. Die Frau hat ihn liegen lassen. Da waren das erste Mal Tränen. Das war eine neue Erfahrung. Noch eine Erfahrung war das Krankenhaus. Sie haben das Bein abgenommen. Wegen dem Rauchen, haben sie gesagt. Da war dann der Blick auf den Körper frei. Das vermeidet man sonst besser, weil das unangenehm ist, dass es nach dem Gesicht in einer fremden Form weitergeht.

Das Bein war dann ab und es hat noch eine Weile wehgetan. Wenn man etwas an seinem Körper hat, dann bereinigt man das selber, schneidet Wunden heraus und solche Dinge, man darf da nicht zimperlich sein. Der Kontakt mit anderen Menschen fand nicht statt. Da wäre nichts zu sagen gewesen.

Unangenehm waren die Wochenenden mit sehr viel Zeit.

Aufstehen wie unter der Woche, am Tisch in der Küche sitzen und raussehen. Manchmal wollte die Frau spazieren gehen. Sie war immer da. Und Schläge gab es nur bei Forderungen. Sie hat da auch nie laut gegengehalten.

Manchmal sind wir spazieren gegangen. Aber das war nichts Rechtes. So um den Block und da waren auch nur Häuser. Wo soll da der Wert sein.

Dann erfolgte die Pensionierung vor vier Jahren.

Da rückte das Wohnzimmer mehr in den Vordergrund. Das Wohnzimmer ist sehr klein, wegen der Verpackungen, die dort aufbewahrt werden.

Man ist also jeden Morgen aufgestanden, hat erst in der Küche gesessen und gegen zehn ins Wohnzimmer vor den Fernseher. Die Frau war meistens in der Küche, am Tag, wenn man ferngesehen hat. Das hat einen wichtigen Stellenwert bekommen. Von zehn Uhr ab. Dann eine Pause um fünf, in die Küche zum Abendessen. Nicht dass es schon erwähnt wurde, doch es herrschte Ruhe am Tisch. Und auch sonst.

Dann, es war vor drei Wochen, fiel die Frau von sich aus auf den Teppich. Da wurde dann schon nachgefragt, was sie da täte, aber es erfolgte keine Antwort. Der Sessel musste zur Seite geschoben werden, wegen des Fernsehempfangs, dann konnte man wieder gut sehen. Nein, es war kein Gedanke als sie auch nicht ins Bett folgte, sie lag am nächsten Morgen immer noch auf dem Teppich. Und der Ton musste etwas lauter gedreht werden.

Wo sie dann abtransportiert wurde gestern, da erfuhr man, dass sie gestorben sein sollte.

Ich geh dann

Wissen Sie, wie es ist, am Abend zu wissen, wie der Morgen sein wird?

Ich werde mich von meiner Frau und meiner Tochter verabschieden. Beide werden nicht von der Lektüre ihrer Tageszeitung aufblicken. Die Tochter wird wieder aussehen wie eine Nutte, wollte doch die Frau nur einmal so aussehen. Sie werden mich ignorieren und ich werde die Tür hinter mir schließen. Ich werde ins Büro gehen. Werde im Lift wieder Magenschmerzen bekommen, weil ich Ende vierzig bin und es zu nichts gebracht habe, werde darüber nachdenken in der Mittagspause, dass es keinen Ausweg für mich gibt. Ein Tag, an dessen Ende ich auf dem Weg nach Hause bei einem Bäcker stehen bleiben werde, am Tisch auf der Straße einen Kaffee trinken, die Augen zusammenkneifen und mir vorstellen, ich sei an einem Platz, an dem niemand mich zu kennen meint. So ist es, am Abend zu wissen, wie er sein wird, der nächste Tag, und das Einzige, was eine kleine Aufregung in die unendliche Müdigkeit des Wissens bringt, ist die Hoffnung, dass vielleicht ein Flugzeug auf mein Bett stürzt. Ich erschlagen werde vom schweren Kopf eines gut aussehenden holländischen Pursers.

Dann schlief ich ein und der Morgen kam.

Es war der Tag, an dem ich mein Leben verlassen habe.

An dem ich aus der Tür gegangen, die Aktentasche mit Pyjama und Geld gefüllt, zum Flughafen gegangen bin, wie jemand anderes dahin gegangen, einen Flug gebucht habe und erstarrt war, mich in der Luft zu finden. Das Flugzeug fliegt an einen kanarischen Ort, der mir gleichgültig ist. Alles ist mir gleichgültig, denn ich sitze in einem Büro und werde um fünf nach Hause kommen. Keine Ahnung, wer das ist, der im Iberia Magazin von der Insel liest und beschließt, das sei der rechte Ort, um unauffindbar für sich selber zu sein.

Die Insel La Graciosa hat einen Durchmesser, der so groß ist, dass man in sieben Stunden um ihn herumlaufen kann. Während dieser Tour sieht man laut Iberia Magazin: vier lange nicht mehr benutzte Vulkane, rote Erde, Steine, zwei kleine Siedlungen, viel Meer, Lanzarote links, gerade rüber Nordafrika und vielleicht auch einen Menschen.

Es ist Mai in Lanzarote und es ist sehr kalt. Entweder lügen alle Reiseführer oder die Welt ist voll dicker Menschen, die es überall warm haben, wegen ihren Fleischmützen und Speckmänteln, nirgends frieren und dann in Büchern so einen Stuss schreiben: »Das ganze Jahr herrscht auf den Kanaren Frühlingswetter.« Da sage ich: Wenn das der Frühling ist, dann verachte ich ihn aufrichtig.

Vor dem Flughafen sieht man direkt, was los ist. Ein Landstrich wie nach einem langen Krieg. Wer Flora und Fauna verabscheut, weil er einer entsprechenden Partei angehört oder Allergiker ist, hat hier seinen Platz gefunden auf dieser Insel, auf der nichts wachsen mag, nichts laufen will. Dunkle Erde, Steine, Geröll, ein bisschen Meer drum herum, flache Häuser, nichts zu besichtigen, nichts da, doch die Hässlichkeit zugeben hieße, die eigene Leere einzugestehen, und so reisen alle gerne her, schauen sich Geröll an, finden das einmalig, faszinierend auch, und warum nicht in die Magdeburger Börde fahren bleibt offen.

Eine Ladung Allergiker ist gerade angekommen, es sind Deutsche. Wer Deutsche mag, soll nach Lanzarote fahren, dort sind sehr viele und sie sind individuell. Geben einen Dreck auf Mallorca, tragen ihre Birkenstock-Schuhe und fahren nach Lanzarote, weil da nix ist, aber das mit Stil. Vom Flughafen über die halbe Insel fahre ich nach Orzana, wo mein Schiff nach La Graciosa ablegen wird. Das Meer ist bewegt, es hat Windstärke 82 und die Wellen sind 15 Meter hoch. Das Boot ist sehr klein, einige Passagiere beten, das Boot lacht, fährt auf die Wellenkämme, stürzt in die Tiefe, die Menschen werden nass und bleich und schreien, ich bin ruhig und denke, bitte Meer, greif zu, es sind nur Allergiker. Das Boot auf der Achterbahn durch das Meer, das schnappt, und dann kommt die Insel in Sicht. Ein paar flache weiße Häuser, dahinter ein Vulkan, dazwischen vergammelte Lava. Unfreundlich sieht es aus, da will ich hin, das Boot legt an.

Die Touristen eilen, sich zu übergeben, zitternd gedrängt an den Pier. Viele kommen nicht auf die Insel, denn es gebricht an Hotels, an Bars, an Peepshows, an Wurstbuden, kurz an allem, was der Mensch so braucht. Vielleicht wird es das hier auch nie geben, denn die Insel steht unter Naturschutz, weil Vulkanerbrochenes schützenswert ist, das vereitelt den Ausbau des Elends. So hat es nur ein wenig Trinkwasser, zwei Pensionen, ein paar Appartements, zwei Restaurants, eine Bar, einen Fahrradverleih, viele Fischer. Und wenig hat sich geändert, seit Seeräuber die Insel 1876 besiedelten. Wer hierher fährt, weiß hoffentlich, was er tut.

Meine Pension heißt Betancort, doch in Wirklichkeit heißt sie Girasol, vielleicht heißt sie auch Völkerfrieden, mehrere Beschriftungen, welche gilt, ist nicht klar. Die Einwohner sitzen in der Bar des Ortes und sehen sich ähnlich. Stumm beobachten sie und ihre Kampfhunde die Angekommenen, die wie ich herumirren und eine Pension suchen, die wahrscheinlich täglich ihren Namen ändert. Die meisten Touristen, die nach La Graciosa kommen, sind gestresste Einwohner Lanzarotes, die Ruhe suchen, oder Herren wie ich, die nach einer Lösung Ausschau halten.

Autos gibt es kaum, ein paar Jeeps, ein Motorboot, die Einwohner, oder heißt es bei Inseln Aufwohner, leben vom Fischen, Gärtnern und vom Touristen-Ärgern. Nach einigen Stunden finde ich die Pension. Die Wirtin hatte ein Nickerchen gemacht. Verschlafen zeigt sie mir ein schlichtes Zimmer mit Blick auf den kleinen Hafen, reißt mir meinen Pass aus der Hand und geht ab. Lächeln ist Feigheit. Die Bevölkerung von Lanzarote und La Graciosa gilt unter Spaniern als extrem mufflig. Vielleicht ist sie aber nur ehrlich. Wozu braucht es Lächeln, das macht nur Falten, nichts braucht es hier, kalt ist es, die Restaurants geschlossen, die Hunde bellen, haben Hunger, weil die Restaurants geschlossen sind, und wer hierher kommt, sollte wirklich wissen, was er tut.

In der Nacht ist es so still, dass mir unwohl wird. Still, als hätte ich Ohrstöpsel in mir, nach innen gezogen, keine gute Sache. Ich denke an zu Hause. Doch es hat nicht viel, was da denkenswert wäre. Es ist kein Leben für einen Mann. So wie ich dachte, dass ein Mann leben sollte, so ist es nicht. Es ist das Leben eines Haustieres, das ich führte, das ich nun verlassen habe. Ich werde wilde Dinge tun, denke ich, ehe der Morgen sehr unbeholfen vor dem Fenster aufsteht.

Er hat Dunst über die Insel gelegt, der Morgen, über das Meer. Durch ihn verschwommen sieht man Lanzarote und die Stelle, an der sich gerne Leute in PKWs 400 Meter in die Tiefe fallen lassen. Wie auf dem Mond ist es, wie in einer Welt, in der es keine Menschen hat und damit Frieden. Ich hebe an, die Insel zu umrunden, vier Hügel, kleine, tote Vulkane, zwischen denen man durchläuft, dunkler Sand und steinerner Unrat überall. Verendete ich hier, kein Geier käme, mich zu äsen, niemand käme, weil hier keiner lebt, weil es ein Stück Land ohne Menschen ist, weil die ausgestorben sind, vor 400 Jahren, so sieht es aus, und in sieben Stunden könnte man um die Insel laufen, wenn es eine wäre. Es ist aber die Welt, und nach sieben Stunden fängt sie von vorne an, bis zum schwarzen Loch. Nach sieben Stunden kommt man immer wieder in denselben Ort, oder es ist immer ein anderer, der dem ersten ähnelt, geht man durch den Ort, drei breite staubige Straßen, zu deren Seiten weiße kleine Schuhschachtel-Häuser, ein paar Kakteen, vermeint man das Lied vom Tod zu hören, als Endlosschleife, die Straßen lang, die Schritte wirbeln Staubhosen in die flirrende Luft, die Kinder lachen dich aus, die Erwachsenen stumm, schauen dir hinterher, hinter Fenstern und Türen stehen sie, schauen, ein Hund wird gesandt, dass er sich in deinen Spann verbisse, das Lied vom Tod, keiner würde helfen, du bist nur ein Fremder. Du gehst die staubigen Straßen lang, bist um die Insel gelaufen und wieder zurückgekommen. Keiner lächelt. An der Straße eine kleine weiße Kirche, aus deren Lautsprechern Gesänge, die Gemeinde zur Andacht versammelt, gehst zur offenen Kirchentür, die Kirche ist leer.

In der Nacht werden sie laut, die Kanaren. Vor meinem Fenster versammeln sie sich, um sich bei Mondlicht anzuschreien.

Was auch immer sich Menschen vorstellen, wenn sie sich das Aussteigen auf einsamen Inseln vorstellen, die Wahrheit ist anders. Die Wahrheit ist man selbst. Und das ist eine langweilige Sache.

Befreit von allem, das einen der Existenz versichert, bleibt nichts. Ich werde zurückkehren. Dort weiß ich auch nicht weiter, doch das Telefon klingelt ab und an.

Am nächsten Morgen um acht stehe ich an der kleinen Mole, dem kleinen Pier, wie auch immer das heißen mag, wo Schiffe losfahren, und warte auf die Fähre, sie wird mich nach Lanzarote bringen, dort fliegt ein Flugzeug mit mir übers Meer, nach Hause, in eine Stadt, in der es Telefone gibt und Faxgeräte, wo man Kirchen besichtigen kann mit Menschen darin und wo leise geredet wird.

Nach einer Stunde Warten werde ich nervös, denke an Schaltjahre, Sommerzeit, laufe mit schwerem Gepäck zu Eingeborenen, frage, sehe in stumme Gesichter, leere Gesichter, mir transpiriert, denn mein Flugzeug fliegt in fünf Stunden.

Fünf Stunden später sitze ich in der Hafenkneipe. Ich bin alleine unter Eingeborenen, ich will nach Hause, ich will in die Badewanne, ich will Sushi. Ich will Frauen sehen mit langen Beinen und großen Brüsten. Es ist Nachmittag, mein Flugzeug fliegt ohne mich, gerade jetzt fliegt es, dreht noch eine Runde über mir, dass es mein Winken schauen kann.

Es hat mir keiner verraten, wieso die Fähre ausbleibt, ob morgen eine kommt, jemals wieder eine kommt, und auch für viel Geld wollte mich kein Fischer übersetzen. Die Telefone auf der Insel, es sind zwei, machen extra keine Überseegespräche. Ein Fax habe ich nicht gefunden, die Polizei versteht mich nicht, ich gehe zurück in meine Pension, stehe auf dem Balkon und sehe Lanzarotes Ufer. Zwei oder drei Kilometer entfernt könnte man es schwimmend erreichen, doch viele Geschichten hat es von Menschen, die Ähnliches versuchten, und keiner lebt mehr, denn die Strömung ist bösartig, wie vieles hier.

Am nächsten Tag stehe ich wieder am Hafen und sehe in das von Fähren freie Meer. Ich beginne logisch zu denken. Nachdem ich ausgezeichnet logisch gedacht habe, komme ich zu keinem Ergebnis. Ich kann nur warten. Dass die Fähre wieder fährt, ein Flugzeug kommt oder Freunde nach mir suchen. Nur habe ich keine Freunde. Ich gehe zurück in meine Unterkunft und richte mich ein. Ein paar Blumen wären schön, Blumen gibt es nicht, ich stelle den Computer auf den Balkon, Balkon gibt es nicht, zwei Meter vor mir beginnt das Meer, unter meinem Fenster sitzen die, die immer da sitzen. Ich kenne jetzt, am dritten Tag, bereits alle im Ort, die auch alle miteinander verwandt sind. Den Bäcker (ein böser Mann, er will der König der Insel werden), den Debilen, die Frau aus dem Supermarkt, und auch die Langzeittouristen kenne ich. Zwei deutsche Herren, die mit ihrem Boot hier gestrandet sind und jetzt ein Jahr bleiben müssen, um es zu reparieren. Die zwei deutschen Frauen, die kommen, weil sie hier glücklich sind, weil sie den Tag versonnen können, alle kenne ich, es ist auch warm geworden.

Jeden Tag zu den Fährabfahrzeiten (8 und 16 Uhr) sitze ich auf der Mauer vor der Hafenkneipe, trinke Kaffee, warte ohne zu warten auf mein Schiff, es ist aber nur noch eine Gewohnheit, der kein Gefühl innewohnt. Die Tage fließen ineinander, bestehen aus Licht, aus guter Luft, aus Milchkaffee, aus greller Sonne, aus Silberblau bis spät in die Nacht, aus körperwarmer Temperatur. Jeden Fleck der Insel kenne ich schon, von jeder Position aus sieht die Welt, die die Insel ist, anders aus, ich kann mir die Farben der Steine anschauen, tausendmal grau, den Kopf schiefgelegt, um die Sichtweise wieder und wieder zu verändern, sind Steine Gott? Laufe ich auf der Insel, sehe ich keine Menschen, rede gut mit mir, und fast ist es Aufregung, nach Caleta del Sebo zu gehen, was wahrscheinlich so viel heißt wie Ort ohne Rückkehr. Dort erscheint es mir hektisch, die Menschen, die in der Sonne sitzen, die einlaufenden Fischerboote, sind mir beinahe zu viel Aufregung. Manchmal, auch aus Gewohnheit, frage ich nach der Fähre, und die Menschen sehen durch mich, als gäbe es mich nicht, vielleicht stimmt das auch.

Was würden Sie auf eine einsame Insel mitnehmen? Früher hätte ich gesagt 10.000 Bücher, einen Fernseher, ein paar hübsche Weiber. Ich will nichts davon. Das Schweigen habe ich mir so schnell angewöhnt, dass ich nicht mehr weiß, wie es ist, zu reden. Manchmal denke ich an die Stadt, zu Hause ist nur noch ein Wort, das Angst macht. Wie überquert man befahrene Straßen und was ist wirklich unter dem Asphalt versteckt? Zu Hause bin ich hier. Das Gehirn auf Diät gesetzt, schrumpft, gibt sich mit wenig zufrieden. Ein Gedanke am Tag genügt, mich zu beschäftigen. Über Liebe denke ich Wochen, über den Tod, Erfolg und Reichtum. Kann einen Tag lang am Meer sitzen und auf fliegende Fische warten. Kann über das Meer denken. Wen interessiert am Ende meines Lebens, wie ich es rumgebracht habe. 140 Tausend sterben täglich, da kann man sich nicht um jeden kümmern. Jeden, der einen Traum hatte und als Mensch erwacht ist. Wahrscheinlich kommt es am Schluss nur auf fliegende Fische an.

Es sind ein paar Wochen vergangen. Glaube ich.

Ich bin aus der Pension ausgezogen, um das wenige Geld, das ich noch habe, nicht zu verschwenden. Man kann sehr hübsch in einer der Höhlen wohnen, die es hier hat, eine Decke habe ich aus der Pension mitgenommen. Der Computer läuft noch über Batterie, ich schreibe nur dieses Tagebuch, alles andere interessiert mich nicht mehr. Schreiben tut man, wenn man krank ist und eitel, keiner will hier etwas von mir lesen, ich habe überhaupt noch niemanden hier lesen sehen. Manchmal stehe ich mit meinem Computer vor einem der Leutchen in der Kneipe, um eine besonders gelungene Passage vorzulesen. Aber es will keiner wissen. Sie schauen mich sehr merkwürdig an, wenn ich da so stehe, mit meinem Computer.

Trinkwasser zapfe ich im öffentlichen Toilettenhaus. Der Tag vergeht sehr schnell, mit Wanderungen, Feuer machen, Wasser kochen, waschen. Meine Haut ist von der Sonne und dem Salzwasser stark plissiert, aber wen interessiert Haut. So langsam bin ich geworden, dass es mich anstrengt, Luft zu holen, wegen der Geschwindigkeit, die dafür notwendig ist. Gehe ich in den Ort, nehmen mich die Menschen auf eine neue, fast familiäre Art nicht wahr. Sie brauchen viel Zeit, Neues zuzulassen. Es sollte mal eine Brücke gebaut werden von Lanzarote nach La Graciosa, und großer Streit kam über die Inselfamilie. Die Jugend freute sich und die Alten wehrten sich, sie lehnen alles ab, das ihre Ruhe stören könnte, und eine Brücke, das heißt Tagestouristen, Drogenabhängige, Aids. Die Jungen haben verloren, die wenigen Jungen, die zu jung zum Weggehen sind.

Ich werde geduldet, wie ein Tier sitze ich in den Ecken und sehe mir ihr Leben an, frage mich, ob es besser ist oder schlechter oder egal. Abends kommen die Männer vom Meer zurück mit Fischen, sie hocken in der Kneipe, machen Männerwitze nach einem harten Tag, gehen später heim, essen und wohnen ihren Frauen bei. Die haben den Tag in Ruhe verbracht, Ordnung geschaffen, mit den Kindern gespielt, die hier wachsen, ohne dass etwas stören würde. Wenn die Männer aus der Kneipe heimkehren, gehe ich auch zu Bett, gehe den immer gleichen Weg, an den beiden Vulkanen vorüber, in meine Höhle, wo ich liege, in der Nacht, die so schwarz sein kann, dass Sterne blenden, höre dem Lärm des Meeres zu, und schlafe früh ein.

Ab und zu kann ich etwas helfen, im Ort, auf Kinder aufpassen, Kisten tragen, und bekomme Essen dafür. Ich bin ein Teil der Insel geworden, wie die Menschen, die hier leben und die ich alle kenne, die nicht unfreundlich sind, sondern geworden wie ihre Umgebung. Jeden Nachmittag sitze ich auf der Mauer vor Benitos Kneipe am Hafen, es ist meine Uhr geworden, meine Aufteilung des Tages, dort zu sitzen einmal am Morgen, einmal wenn bald der Abend kommen wird, schaue aufs Meer, einmal morgens, einmal abends.

Bis eines Tages. Durch den Dunst des Morgens naht ein Boot. Mein Herz schlägt schneller. Das Boot kommt näher, fährt durch die enge Hafeneinfahrt, ich sitze starr. Wage mich nicht zu bewegen, wage nicht, nichts, ein Boot, nach Hause.

Eine große Aufgeregtheit in mir, eine Freude, Glück, mein Atem beruhigt sich, ich schaue dem Schiff hinterher, es wird kleiner, verschwindet. Dann drehe ich mich um. Die Bewohner der Insel stehen da, wie eine Wand stehen sie, sehen mich an.

Ich glaube ein kleines Nicken wahrzunehmen.

Dann wenden sie sich wieder sich zu.

Sachen im Kopf

Mein Vater wurde umgebracht. Es war ein Tag im Winter und Weihnachten stand bevor. Ich weiß noch, dass ich an Weihnachten dachte und auf die Heimkehr des Vaters wartete. Er hat nie viel geredet, aber durch seine Anwesenheit fühlte ich mich größer.

Ich war sechs, damals.

Ich bin nicht dabei gewesen, als Vater starb. Ich habe es durch Freunde erfahren, die mir erzählten, dass es schnell passiert sein musste. Er wurde auf dem Platz gehängt.

Am Tag, als mein Vater umgebracht wurde, fing meine Mutter an zu weinen. Sie hörte damit nicht mehr auf bis zu dem Tag, an dem sie getötet wurde.

Nach einigen Wochen hatte ich mich daran gewöhnt. Es war auch nicht ein Weinen, das mit Geräuschen verbunden ist. Es lief einfach immer etwas aus ihren Augen, und sie hat mich nicht mehr angesehen seit dem Tag. Vermutlich, weil ihre Augen immer trüb waren vom Weinen. Sie hat mich nicht mehr gesehen. Ich habe mich damit eingerichtet. Es war dann normal geworden, eine Mutter zu haben, die immer weinte und mich nicht sah. Andere hatten schlimmere Eltern.

An dem Tag an dem meine Mutter getötet wurde, lag ich hinter dem Ofen in der Küche. Der Ofen war natürlich kalt, weil es kein Holz gab, es war aber nicht mehr weit bis zum Frühling, ich lag in der Küche und fror. Ich hatte wohl auch Hunger, das kann ich nicht mehr genau sagen, denn ich hatte eigentlich immer Hunger. Es war normal. Ich lag da also und dachte, dass es bald Frühling würde, als die Küchentür aufgetreten wurde. Nicht, dass viel dazu gehört hätte, aber es war doch recht laut. Einige Männer, ich wüsste nicht mehr zu sagen, wie viele es waren, denn ich war nicht sehr groß damals, und wenig genügte, damit es mir viel erschien, kamen in die Küche. Es wurde geschrien. Vielleicht war es aber auch nur der Lärm der splitternden Tür oder der Sturm, der durch sie in die Küche drang.

Meine Mutter und meine Schwester standen am Tisch und machten irgendwas – was, habe ich vergessen. Die Männer erschossen beide. Ich lag hinter dem Ofen, sie haben mich nicht gesehen. Ich war froh, dass sie mich nicht gesehen haben, doch gleichzeitig dachte ich, dass ich, hätten sie mich erschossen, später nicht alleine in der Situation gewesen wäre mit den beiden toten Frauen.

Ich kann nicht sagen, dass ich Angst gehabt hätte. Es ging zu schnell, um Angst zu entwickeln. Es war nur ein Moment, dass mein Herz aussetzte. Auch danach. Als sie wieder weg waren, die Männer, und die beiden Frauen auf dem Tisch lagen. Sie lagen auf dem Tisch mit dem Oberkörper und die Beine unten am Boden. Ich fasste beide an, doch sie bewegten sich nicht. Ich hatte schon genug Tote gesehen, um zu wissen, was los war. Den ersten Toten hatte ich gesehen, als ich vier war. Er lag auf dem Rücken am Fluss und sein Fleisch war kaum noch da.

So sahen die beiden auf dem Tisch nicht aus. Eher so, als ob sie noch lebten, aber das Blut war da und meiner Mutter fehlte das halbe Gesicht. Man sah, was unter dem Gesicht war. Es war sehr kalt, weil die Tür jetzt fehlte, und ich stand neben den beiden und sagte mir, was auch immer ich jetzt machen würde, eins sei mal klar: Ich würde nie wieder ein Gefühl haben.

Ich wusste vorher, was Gefühle waren. Ich komme aus einer Familie, die sehr darauf hält. Es wurde immer viel geweint und geküsst und gesungen und über Liebe und Angst geredet.

Was nützen die Gefühle, wenn dann doch alle erschossen werden und ich alleine in der kalten Küche stehen muss. Dachte ich damals.

Ich saß eine Weile in der Küche, und als die Nacht kam, habe ich Mutter und Schwester im Garten begraben. Einerseits, weil ich nicht wollte, dass sie in der Küche liegen bleiben würden und das Fleisch verlieren wie der erste Tote, den ich gesehen hatte, andererseits weil ich dachte, wenn ich sie nur vor die Tür legen würde, wüssten die Männer, dass da noch jemand im Haus sein muß, der sie vor die Tür gelegt hat.

Das Begraben war sehr anstrengend, denn ich war noch ein Kind. Unangenehmer als die Anstrengung war jedoch, Erde auf den Rest meiner Familie zu schütten.

Genau habe ich den Krieg nie begriffen, aber ich dachte immer, das wäre das Normale. Dass eben Krieg sei und jemand erschossen würde, dass man vor Soldaten weglaufen muss, dass man manche Wege nicht gehen darf, weil da Minen liegen, wenn man da drauftritt, ist es wie bei einem meiner Freunde, dem seitdem zwei Beine fehlten.

Ich habe mich dann in mein Bett gelegt. Mein Bett stand auf dem Dachboden, wo es noch kälter war als in der Küche, aber ich wollte nicht mehr mit im Bett meiner Schwester schlafen. Es war mir irgendwann unangenehm geworden. Ins Bett meiner Mutter zu gehen, nachdem ich sie im Garten begraben hatte, kam mir auch falsch vor. Ich konnte nicht schlafen. Wollte auch nicht, denn es war mir nicht ersichtlich, wozu Schlafen dienen sollte. Bis dahin war es normal mit dem Schlaf. Man brauchte ihn, um am nächsten Tag Kraft zu haben, um vor den Soldaten wegzulaufen, nachdem man sie mit Steinen beworfen hatte, oder um Lebensmittel von Feldern zu klauen. Wozu sollte ich noch Kraft brauchen, allein in dem Haus?

Ich beschloss also, nie mehr Gefühle zu haben und nie mehr zu schlafen. Ich war damals 12. Vielleicht auch älter oder jünger, ich habe aufgehört, Jahren eine Bedeutung beizumessen.

Die Jahre ohne Bedeutung, die ich zu Hause verbrachte, von denen weiß ich nicht mehr sehr viel zu sagen. Ich hatte seit dem Vorfall jedes Reden aufgegeben. Mit den Leuten aus dem Dorf hätte ich über den Tod reden müssen und war mir nicht sicher, ob das die Gefühle wieder wecken würde, die ich nicht mehr haben wollte. Keine Gefühle zu haben lässt sich schweigend am besten verwirklichen. So viel kann ich sagen.

Das mit dem Schlaf habe ich nicht ganz eingehalten, aber sehr. Ich schlief höchstens noch ein, zwei Stunden, aber auch dann so, dass ich mich während dem hätte unterhalten können, hätte ich noch geredet. Mehr weiß ich über die Jahre zu Hause nicht zu berichten. Nachdem ich meine Verwandten begraben hatte, weiß ich nur noch, dass ich sehr oft auf dem Dachboden saß. Ich habe gelesen. Meine Mutter hatte mir das beigebracht. Sie stammt aus einer gebildeten Familie. Das Einzige an besonderem Besitz, den meine Eltern hatten, waren Bücher. Sie hatten sie von ihren Eltern, die Bücher waren in Kisten. Im Krieg liest man nicht unbedingt, aber ich hatte sonst nichts zu tun. Ich habe gelesen, in der Dunkelheit bin ich nach draußen und habe Nahrung gestohlen, dann bin ich durch das Haus gegangen und habe beobachtet, wie lange es braucht, bis ein Haus seine Gestalt verändert.

Ich habe nie etwas gereinigt in dem Haus. Es wäre mir falsch vorgekommen. Ein Haus, das man reinigt, ist noch am Leben. Unseres war gestorben. Es bildeten sich sehr schnell Spinnweben, und Tiere kamen, sie aßen irgendwas, von dem mir nicht klar war, worum es sich handeln könnte. Es roch nicht schlecht im Haus. So wie ich mir den Geruch in einem Mausoleum vorstelle. Es hat mich keiner vermisst im Dorf. Ein paar Mal habe ich Leute getroffen, zufällig. Nachts. Sie verloren sehr schnell das Interesse an mir. Das Interesse der Menschen im Krieg aneinander ist ohnehin beschränkt. Andere als man selbst taugen nur zur Reflektion des eigenen Leides. Weil ich geschwiegen habe, wurde ich wie unsichtbar. Aber das war ein Zustand, den ich schon von meiner weinenden Mutter kannte. Es war nichts Neues. Ich saß zu Hause und habe gelesen. Ich habe mich gewundert über den Inhalt der Bücher. Mehr und mehr kamen mir die beschriebenen Gefühle sehr unverständlich vor. Ich konnte mir nicht vorstellen, wie es ist, ohne Krieg zu leben, und beschloss, wenn ich in einem angemessenen Alter wäre, in ein solches Land zu gehen.

Mit dem entsprechenden Alter ging ich dann erst einmal kämpfen. Ich habe es nicht getan, um irgendwen zu rächen, denn das Gefühl Rache gab es für mich nicht. Es war eher so, dass ich herausfinden wollte, ob es noch so etwas wie Angst oder Hass oder Grauen in mir gäbe. Gut war zu sehen, dass nicht.

Ich habe Menschen in den Kopf geschossen, habe ihnen die Bäuche aufgerissen, habe neben Toten gelegen, habe Würmer aus eigenen offenen Wunden entfernt, ich habe Kinder getötet und Frauen, ich habe auf Tote eingetreten, ich habe Häuser in Brand gesteckt, in denen ich Alte wusste, ich habe einen Kameraden erschossen, der darum gebeten hat, ich habe einem Kameraden das Bein amputiert, ohne dass er darum gebeten hat, ich habe von verbrannten Tieren gegessen, ich habe mir meinen Finger abgetrennt, dazu kann ich aber nicht mehr sagen warum. Es war egal.

Ich hatte eine Prüfung bestanden, ohne dass ich hätte sagen können wozu. Mir war nicht ersichtlich, für was mein Leben diente. Vorher war das auch nicht klar, aber es bestand kein Grund, sich darüber Gedanken zu machen. Damals schien es mir das Logischste, dass man einem Leben keine große Bedeutung beimessen sollte. Es zu beenden, freiwillig, wäre schon eine unverdiente Aufmerksamkeit sich selbst gegenüber gewesen.

Nachdem ich herausgefunden hatte, dass ich wirklich war wie eine Pflanze, war es für mich unwichtig geworden zu kämpfen. Es ist sehr albern zu kämpfen, wenn man nicht weiß warum. Das Land, in dem ich lebte, damals, war wie eine alte Tierleiche. Ausgedörrt war es, gestunken hat es, und es gab nichts außer ein paar erbärmlichen Menschen, die aus welchen Gründen auch immer an ihrem Leben hingen. Ich habe nicht verstanden warum, denn das Leben war Kälte und Hunger und nicht angenehm. Wahrscheinlich braucht man solche Menschen, um einen so langen Krieg zu führen. Wahrscheinlich ist es das Einzige, was ihnen das Gefühl gibt, ihr Dasein hätte einen Sinn. Vermutlich beziehen sie ihre Gefühle daraus.

Ich verstand sie nicht.

Ich zündete unser totes Haus an und ging.

Über die lange Reise möchte ich nicht reden. Es ist unerheblich. Wenn man sich dazu entschieden hat, machen einem die Mühen, die Leben mit sich bringen können, nicht sehr zu schaffen. Mir ist völlig gleichgültig, ob ich friere, Hunger habe, ob ich meine Ausscheidungen in meine Bekleidung lasse, ob ich Insekten esse oder Schmerzen habe.

Die Reise war also recht lang, es gab lange Aufenthalte bei Behörden und Dolmetschern, bis ich als Flüchtling akzeptiert wurde, verging einige Zeit.

Ich kam an einem regnerischen Abend in dem Land an, das ich mir willkürlich ausgesucht hatte. Aus dem Bahnhof trat ich auf die Straße und stand da lange. Die Häuser waren sehr hell von leuchtenden Hinweisschildern in der Sprache des Landes. Die interessierte mich nicht. Ich hatte nicht vor, wieder zu sprechen, nur weil ich in einem neuen Land war. Die Menschen sahen gut gekleidet aus. Die Frauen sahen aus wie Frauen im Fernsehen. Im Dorf daheim hatte es einen Fernseher in der Kneipe, bevor die zerstört wurde. Manchmal hatte ich gesehen, wie es in Amerika aussehen sollte. Ich konnte es mir nicht recht vorstellen, denn es war ja nur Fernsehen.

Nun stand ich in dem Fernseher. Ich kannte keine Warenhäuser, kein Kino, keine U-Bahnen, keine Flugzeuge. Ich glaube aber, dass es kein Nachteil ist, das nicht zu kennen. Ich glaube nicht, dass es an der Substanz der Menschen grundlegend etwas ändert.

Ich beobachtete Menschen immer ohne Emotionen. Ich lief durch die Stadt, die mir fremd war in einer Form, wie es auch meine Heimat gewesen war. Im Gegensatz zu anderen ist mir Fremdheit egal. Ich sah, dass die Menschen sich nicht wesentlich voneinander unterschieden. Egal ob Krieg herrscht oder nicht.

An jenem ersten Abend in der fremden Stadt nahm mich eine Frau mit sich. Ich hatte schon früher gemerkt, dass Frauen mir gegenüber sehr schnell Gefühle entwickeln. Die Frau sah nicht unangenehm aus. Ich denke nicht sehr über das Aussehen von Frauen nach. Es war die erste Frau, mit der ich geschlechtlich hätte werden können, wenn es mir nicht zu unangenehm gewesen wäre. Obwohl unangenehm das falsche Wort ist. Man muss sich um die Richtigkeit von Worten bemühen, auch wenn sie nur im eigenen Kopf vorkommen.

Die Frau hatte eine sehr große Wohnung. Ich hatte natürlich noch nie so etwas gesehen. Es war warm und sauber. Es roch gut. Die Frau war sehr unglücklich. Sie hatte ihre Gefühle nicht unter Kontrolle. Ich habe nicht verstanden, was sie mir erzählte, konnte aber an ihrem Gesicht ablesen, worum es sich handelte. Die Frau wurde alt und war einsam. Sie hatte keinen Sinn in ihrem Leben, doch anders als ich meinte sie, es sollte einen geben. Die Frau wollte eindeutig nicht mehr leben. Sie zog sich später aus und ich betrachte ihren nackten Körper. Ich wüsste wirklich nicht, worin der Sinn von geschlechtlichen Handlungen liegen sollte. Ich empfand sie als lästig, die Berührungen der Frau. Ich behielt meine Sachen an. Es war traurig für die Frau, ich merkte ihre Verzweiflung. Die Frau wollte nicht mehr leben.

Ich nahm später von ihren Wertsachen, für die sie keine Verwendung mehr haben würde.

Ich verließ die Wohnung der Frau. Ich rechnete mir aus, wie lange ich, falls nicht etwas dazwischenkäme, noch leben müsste.

Sechzig Minuten

(Nacht. Tiefrot. Gewitter. Hochwasser. Erdbeben. Eine Kneipe. Zum blutigen Daumen oder so. Nur ein Mann darin. Ziemlich am Ende. Sieht sozusagen fast tot aus. Riecht auch so. An den Wänden riesige Fernseher. Fußballübertragung. Bricht immer dann ab, wenn es spannend wird. Der Boden mit Erbrochenem bedeckt. Aus der Musikbox ein Endlostape: Marschmusik. Vor einem Fenster zieht sich eine alte Frau aus. Dauergeräusche von Metallsägen, die T-Träger durchtrennen.

Die Tür in der Decke der Kneipe öffnet sich. Ein zweiter Mann betritt in fallender Form die Gaststätte.)

Mann 1: Alter, hab schon gedacht du kommst gar nicht mehr. Setz dich, nimm dir ein Bier. Bier hat's genug hier. Is' ganz schön heiß, gib mir auch noch mal eins. Cool, dich zu sehen. Obwohl, na du siehst echt ein bisschen daneben aus. Unfall? Is' ja auch egal. Ne, echt, da bin ich froh, dass du jetzt auch da bist. Hab schon gedacht ... Na is' egal. Weiber hat's keine hier, also hab noch keine gesehen. Aber wer braucht Weiber, wenn er Bier hat. Prost!
(Schweigen)

Jetzt haben wir ein bisschen Ruhe. In fünfzig Minuten ist wieder Behandlung. Immer eine Stunde Pause dazwischen. Nach der letzten, die war mit ein paar Frauen, hab ich an dich gedacht. Weißt du, ich hab gedacht, wie es damals war, als deine Mutter starb. Und du vor meiner Tür und nichts gesagt. Ich hab dich in meine Wohnung geschoben und die alte Dylan-Platte aufgelegt. Draußen hat's geregnet oder geschneit, ich weiß nicht mehr genau. Und du hast da gesessen, ganz starr. Ich wusste nie, dass du so an deiner Mutter gehangen hast. Ich meine, woher sollte ich das auch wissen. Der Regen ist zu Gewitter geworden und ich hab nicht gewusst, was sagen, ich hab dir einfach immer nachgeschenkt. Es war kalt und du warst ganz bleich. Dann habe ich an den Tod gedacht. Und dass ein Mann nie mehr so geliebt wird wie von seiner Mutter. Wenn die dann stirbt, Mann, das ist das Schrecklichste, was einem passieren kann. Außer natürlich ein Totalschaden am Porsche. Hey, war nur'n Scherz. Also auf jeden Fall hab ich da mit dir gesessen, kein Ton, nur der Regen und Bob Dylan, und irgendwann wolltest du Auto fahren. Dann sind wir Auto gefahren. Ich hab dir auf die Schulter gehauen und gesagt: Hey, lass den Kopf nicht hängen. Ich hab ja nicht gewusst, was man in so 'nem Fall macht. Also ab ins Auto und voll Stoff, um drei Uhr morgens. Du am Steuer, die Adern kamen hervor, dass ich echt Angst bekam. Die Boxen haben vibriert, es war AC/DC, und irgendwann hast du angefangen zu lachen. Ich hab dich sehr gern gehabt, da in dem Moment. Ich hätte dich fast in den Arm genommen, hab ich aber nicht, weil, na du weißt schon ... Daran hab ich mich so erinnert. Und dann kommst du, wie früher. Fast immer, wenn ich an dich gedacht hab, bist du gekommen.

(Schweigen)

Als ich mit meiner ersten Firma Pleite gegangen bin, weißt du noch? Ich war so am Brennen. Ich wollte raus aus dem Mief, ich wollte es allen zeigen. Ich wollte es meinem Vater zeigen, der nie mit mir geredet hat, nur immer so geschaut, der Blick voller Verachtung. Ich war vierundzwanzig. Hatte mir auf Kredit Zegna-Anzüge gekauft, und Budapester, und eine Wohnung gemietet, die ich mir nicht leisten konnte. Aber ich habe an dieses Sharing-Ding geglaubt. Ich hatte so Ideen von einem Leben, wie es mir zusteht. Doch über Nacht war alles am Ende, die Leute haben mein Büro gestürmt, die wollten ihre Kohle wieder, vor allem die Rentner. Ich hab echt nicht mehr weiter gewusst. Ich hab mich fast eingemacht, so habe ich mich geschämt, als ich an meinen Vater dachte und dass er Recht hatte. Dann dachte ich, ich häng mich jetzt auf. Ich konnte ja mit keinem reden. Was hätte ich auch reden sollen. Hätte doch keinem sagen können, was in mir vorging. Ich hätt auch gar nicht gewusst, was da war. Glaub' mir, fast hätt ich geheult, aber wozu, und dann bist du gekommen. Das vergesse ich dir nie. Du hast gesagt, das Leben geht weiter, das hat mir voll geholfen. Wie wir dann los sind. Erst in eine Kneipe, saufen bis zum Abwinken, dann ins Bordell, und ich hab die Mutter fast erledigt, so bin ich abgegangen.

(Schweigen)

Da musste nie viel geredet werden. Seit wir zehn sind, waren wir Freunde. Ist dir das klar? Kannst du dich erinnern, wie es angefangen hat? Du hattest eine Katze und ich hab gesagt, ein Mann mit Katze ist eine Schwuchtel. Ich hab dir nie gesagt, dass ich gesehen hab, dass dir die Tränen kamen, als sie so schrie. Das war die Feuerprobe. Danach waren wir unzertrennlich. Wir haben Fußball gespielt, auf der Wiese gelegen, die Erste geraucht, wir haben in den Himmel gesehen und die Wolken sahen aus wie nackte Frauen. Wir haben uns zurechtgeträumt, wie es sein wird, wenn wir erwachsen sind. Dass wir zusammen in einem Loft wohnen, Anzüge tragen, schnelle Autos fahren und den ganzen Tag Fußball gucken und Bier trinken. Kannst du dich an Olli erinnern? Der Dicke in unserer Klasse, mit dem keiner geredet hat, weil er im

Asiviertel wohnte. Weißt du noch, wie wir ihn aufs Klo geholt haben und ihm gesagt, dass er unser Freund werden kann nach einer Mutprobe? Wie der rot wurde und gefragt hat: Echt? Und wir dann: Klar Mann, aber erst die Mutprobe. Und er dann: Ich mach alles. Wie wir ihm erst in den Mund gepisst haben und dann ohne Hose in die Klasse geschickt? Er hat dann die Schule gewechselt. Was wohl aus dem geworden ist? Oder, eyh, die hässliche Eule, der wir gesagt haben, ich würde mit ihr gehen, wenn sie uns mal ranlässt. Die wollte uns echt einen lutschen und wir haben einen Lachkrampf bekommen. Mann, haben wir Dinger gedreht. Du warst immer mein bester Freund, mit keinem konnte ich so reden. Also, ich meine, ohne Worte. Immer hab ich gewusst, dass da einer ist, mit dem ich durch dick und dünn kann. Und dann später, unsere Fußballtouren. Jedes Wochenende. Schwarz mit dem Zug irgendwohin zum Spiel. Und den Schnaps in der Colaflasche. Was haben wir uns geprügelt. Dem einen, erinnerst du dich an den, dem hab ich ein Auge ausgeschlagen, mit der Flasche. Und du hast ausgesagt, dass der das selber war. Saubere Aktion.

(Schweigen)

Nach dem Ding mit meiner ersten Firma haben wir uns für einige Zeit aus den Augen verloren. Wo ich nach Frankfurt bin. Telefonieren war ja nie unsere Stärke. Na, ich hab dann in Aktien gemacht. Wertpapierhändler, da ist schon der eine oder andere über die Klinge gesprungen. Aber Shit happens. Ich war der Beste, das kann ich dir sagen. Das waren meine fetten Jahre. Bis ich den Infarkt bekam. Das war so zu der Zeit, als das mit deiner Frau passierte. Als sie den Scheiß gebracht hat mit den Tabletten, wo du von ihr weg bist, als sie das Baby kriegen sollte. Weißt du noch, wie wir einen draufgemacht haben, wo du deine Alte los warst? Weißt du noch unsere Wetten? Wer die Mütter am besten verarscht? Und ich hab gewonnen. Mit dem blonden Geschoss, das danach in eine Klinik ist. Frauen kommen und gehen, sag ich immer. Was bleibt ist der beste Freund. Also ich hab nie was gegen Frauen gehabt. Solange sie den Mund nur zu einem aufmachen.

(Schweigen)

Und unsere Reisen, oh Mann, unsere Reisen. Du und ich in Montana auf der Ranch. Unsere Pferde und wir und die Natur. Die ist so unendlich da, der Horizont, und wie ein letztes Aufbäumen der Welt geht die Sonne unter. Am Lagerfeuer hast du Jonny Cash gesungen, wir haben geschwiegen und geraucht, bis nur noch die Glut in den dunklen Sommerhimmel stieg. Später haben wir das Feuer ausgepisst, wie echte Männer. Am nächsten Morgen ging es weiter, wir und die Pferde waren eins. Weißt du noch, wie ich fast kotzen musste, als mein Pferd erschossen wurde, wegen dem gebrochenen Bein nach unserem Wettrennen? Das sind Momente, die man nie vergisst. Wir wollten dann nach Montana, für immer, und 'ne Ranch aufziehen. Große Sache. Oder nach Australien, ne Krokodilfarm. Tja, das hat sich irgendwie zerschlagen. Auf jeden Fall haben wir gelebt, und zwar nicht zu knapp. Thailand, kannst du dich an Thailand erinnern? Wo du hinterher Syphilis hattest, von dieser kleinen Schlitzibraut. Aber süß war die, vierzehn oder so. Das war auch völlig okay, die bekommen da schon mit dreizehn Kinder. Das sind Frauen gewesen, meine Güte. Scheiß doch auf die Syphilis, Mann. Was ist schon Penicillin gegen einen guten Fick.

(Schweigen)

Wo ich dann älter wurde, wusste ich irgendwie nicht, wie ich damit umgehen soll. Ich mein, klar, du hast gesagt, ein Mann ohne Bauch ist ein Krüppel, aber das war

nicht leicht für mich. Wo wir doch früher immer beim Krafttraining waren, und mein Bauch, da konntest du Möhren drauf raspeln. Aber dann siehst du in den Spiegel und da ist einer drin, der sieht alt aus. Ich bin entlassen worden, als ich das Alter hatte. Die letzte Zeit war nicht so rosig. Manchmal hab ich mich schon gefragt, aber ich wusste nicht was. War dann zu Hause und hab mich gefragt und wusste nicht was. So richtig lief nichts mehr. Na ja, wir haben noch das Ding mit der Harley durchgezogen. Durch Amerika von oben nach unten, und immer ein Sixpack dabei. Ich erinnere mich, als wär es gestern gewesen. Der warme Wind. Irgendwie der Spirit. Aber es war nicht mehr dasselbe, heute kann ichs dir ja sagen. Meine Knochen haben wehgetan. Im Schlafsack, das war nicht das Wahre. Und dann dieser miese Moment, wo ich merkte, dass die Braut 'ne Nutte war, als die gesagt hat: Denkst du, mit Rentnern mach ich's umsonst. Da musste ich schon schlucken. Und du hast getan, als hättest du's nicht gehört. Das vergess ich dir nie. Da muss ich jetzt wieder dran denken, wie du geheizt bist, als deine Mutter gestorben war und wir dann die alte Frau erwischt haben. Ein Blick hat genügt, um zu sehen, dass da nichts mehr draus wird. Wir haben nie wieder ein Wort darüber verloren.
(Schweigen)

Du sagst ja gar nichts. Hast die Hosen voll, was? Na, das legt sich. Wir haben noch viel Zeit zum Reden. Ewig, Alter. Prost! Die Stunde ist um. Jetzt geht's wieder rund. Wirst schon sehen.

Mann 2: Ach du Scheiße!

(Beide werden von einer Echse in ein feuchtes Nebenzimmer gebracht. Die stündliche Behandlung beginnt.)

Zwei Uhr, vierzig Grad, nachts

Und die Haut eins mit dem Betttuch. Das Betttuch wie die Luft, wie ein nacktes Tier.

Ein eher unsympathisches.

Das Betttuch, auf dem Körper, nicht zu ertragen. Neben dem Körper auch nicht gut, entsteht Kälte vom Ventilator, wie eine unangenehme Berührung. Wenn er zu der Flasche neben dem Bett greift, entsteht eine Öffnung im Netz, durch die kommen Moskitos, und das weiß man, wie das ist, bei 40 Grad mit Moskitos zu schlafen.

Die Flasche draußen, und drinnen ist es nicht besser. Der Aschenbecher ist drinnen und voll und am liebsten zehn auf einmal rauchen und wenn es nur besser würde durch das. Aber er weiß, das funktioniert so nicht, und könnte aber doch sein, und noch eine angezündet.

Situationen hat es, die dringend einer Sucht bedürfen.

Nüchtern geht das gar nicht. Das Wissen darum, dass Schlafen keinen Sinn macht. Wozu schlafen nach einem Tag, der endlos ist, um wozu wieder zu erwachen? Die Nächte, schwül und zu lang, die Tage heiß und zu hell, und so allein, dass noch nicht einmal ein Gespräch mit sich selber möglich.

Aufstehen, waschen, mit lauwarmem rostigen Wasser. Rausgehen. In eine Bretterbude. Auf einem Metallschemel sitzen. Instantkaffee mit zu viel Kondensmilch trinken. Die erste große Übelkeit bekämpfen. Dann noch acht Stunden bis zur Dunkelheit. Vielleicht in die Stadt gehen. In den Journalistenclub. Zeitung lesen. Vielleicht reden. Eher nicht. Dann an den Pool des Ausländervereins. Rum trinken. Ein paar Bahnen schwimmen, noch fünf Stunden. An ihn denken. Essen. Toast. Ist am ungefährlichsten. Dann zurückgehen. Auf dem Bett liegen. An ihn denken. Auf die Dunkelheit warten. Auf das Trinken-Können warten. Dann trinken. Heulen, vielleicht auch nicht. So könnte der Tag aussehen. Und das ist nun wirklich keine Alternative zum Liegenbleiben.

2 Uhr 15. Wozu soll er schlafen. Wozu erwachen.

Seine Gedanken sind unklar, gut so, was gäbe es auch zu denken, es gibt keinen Ausweg und denken würde nichts daran ändern. Die Füße mit den Händen fassen und heulen. Macht nur noch trauriger, wenn keiner tröstet. Das ist die Nacht, in der er vielleicht noch etwas retten könnte. Sich zum Beispiel. Aber er ist schon einige Zeit nicht mehr vorhanden. Er liegt seit 15 Tagen.

Zeit hat ihre Bedeutung verloren.

Ist nur noch etwas, das tickt, nur noch etwas, das zeigt, wann es dunkel wird, um dann auch nichts zu tun. Der Ventilator und die Hitze und Unruhe, die etwas will. Was nur?

Er hat ein paar Standard-Bilder, die liegen bereit, um abgerufen zu werden zum Quälen. Es ist manchmal gut, die Qual so weit zu steigern, dass ein körperlicher Schmerz daraus wird. Dann kann man den Körper reiben. Den weißen Körper, mit den Konturen, die sich auflösen.

Die Bilder enthalten: Zuhause. Anzüge, Cafés, Sushi. Essen mit Freunden. Das quält noch nicht richtig.

So sieht er sich sitzen, in einem Restaurant, immer mit dem falschen Mann. Immer unvorstellbar, zusammen alt zu werden, weil man war es schon. Alt und erstarrt und freundliche Gespräche und das Ende am Tisch dabei. Mit der Sense.

Es gab immer einen Morgen danach. Da er neben sich sah und da lag ein Fremder. Der würde ein paar Stunden später nicht mehr sein Leben teilen, weil der Rausch verflogen, und mehr als Geschlechtsverkehr war nicht drin, ging nie so tief, dass sich etwas anderes berührte als Fleisch.

Und noch einmal angefasst das Fremde, den Arm vielleicht, der ihn hätte halten können. Hat er nie.

Am Morgen danach am Tisch, schweigen, und wissen, dass nichts zu sagen war. Dann wieder los, suchen und nie finden.

Immer brauner wurde er unterdessen, immer blonder sein Haar. Nachts in den Bars viel Lachen, die falschen Zähne zeigen, mit jemandem schlafen wollen, nichts da, was mit ihm schlafen wollte, und für den Dark Room zu müde. Stattdessen in die Firma, was für eine ist doch egal, und merken, wie er sich gar nicht mehr entzünden konnte, an nichts, nur noch so tat wie einer, der entzündet ist. Ein Auto ist immer ein Auto, eine Wohnung immer leer, weil sich das so gehört, und ein Urlaub in Cannes ist zum Glück immer irgendwann zu Ende. So waren die Bilder, und die Qual entstand daraus, dass er wusste, dass er nicht zu ihnen zurückkehren konnte. Was ihn dort erwarten würde war traurige Langeweile. War nur einer, der alt wurde, der nicht wusste, wie das geht. Und immer noch keine Ruhe gefunden. In bewussten Momenten hatte ihn sein Menschsein angeekelt, angewidert sein Trieb, dem er ausgeliefert war, und die Zugehörigkeit zu einer Gruppe, die er verachtete. Er hasste, zu sein, was er war. Schon lange nichts mehr, das ihn vor anderen auszeichnete.

Die Idee kam Silvester.

Viele dumme Ideen kommen da.

Um Mitternacht hatte er sich in einem Spiegel gesehen, und das, was er da sah, war eindeutig zu lange in der Mikrowelle gewesen. Verdammt, hatte er gedacht, ich muss weg hier, sonst nimmt das alles ein unerträgliches Ende. Und hatte die Augen geschlossen und Ende gedacht und Asien. Eine Woche darauf war er abgereist.

Drei Uhr. Eine satte Übelkeit von zu vielen Zigaretten, mit Rum gemischt, ein Geschmack im Mund wie mehrere Schnecken roh gegessen. Schnecken, die zuvor an unsauberen Orten spazieren waren.

In Asien sterben muss sein wie erfrieren, nur in heiß. Man gibt einfach auf und lässt sich völlig zu Watte werden. Vor dem Fenster die Tiere fragt er sich, warum die nachts so einen Lärm machen. Stellt sich vor, wie sie Partys feiern. Insekten groß wie Hunde, mit Kostümen und Trompeten. Tanzen auch.

In drei Stunden kommt der Morgen. Wenn er am Morgen trinkt, dann nur, um auf Ideen zu kommen, die ihn den ganzen Tag beschäftigen. Ideen, wie er dieses Kambodscha retten könnte. Oder die Prostituierten, die in den Hütten neben seiner wohnen.

Doch die vergaß er dann wieder, die Ideen, wenn er mit den Menschen Kontakt hatte. Hatte er selten, aber wenn waren sie ihm so fremd wie die Insekten nachts. Er verstand nicht, wie die Mädchen in den Hütten nebenan, die alle Aids haben, die 14 sind und so weiter, wie die den ganzen Tag sitzen konnten und sich in der heißen Sonne anmalen wie Nutten, wie die das können ohne zu weinen.

Oder die Männer in ihren dreckigen Hosen und mit fehlenden Körperteilen, wie sie am Straßenrand hockten und glotzten. Auch ohne zu weinen. Er verstand das nicht. Ideen beschäftigten ihn nur, wenn er trank. Bilder kamen nur, wenn er noch mehr trank, es ist eine hohe Kunst, die Bilder mit Alkohol in ihrer Farbigkeit zu erhalten. Ein Schluck für das Bild der großen Liebe. Einer, um sich immer neue Variationen zu illustrieren, vom Händehalten und Schweigen und Eins-Sein, und doch ahnen, dass es nie werden wird. Das ist dann schwierig, bei den schönen Bildern zu bleiben, wenn man eigentlich weiss. Dass sie nie wahr werden.

Vier Stunden, bis es hell wird. Er raucht noch eine.

Das Weggehen war einfacher gewesen, als er gedacht hatte. Seine Bekannten hatten ihn umarmt und ihn schon vergessen, während sie noch irgendwelchen Mist sagten. Im Flugzeug war da ein unbekanntes Gefühl in ihm, von dem er zuerst annahm, dass es sich um eine Lebensmittelvergiftung handelte. War aber Glück.

In den ersten Wochen war er in Bangkok gewesen. In einem guten Hotel, er hatte Freude daran gehabt zu sehen, wie sich seine Haut glättete, durch die Feuchtigkeit. Er fühlte sich mutig und frei, in den ersten Wochen in Bangkok. Tagelang ließ er sich auf den offenen Mopedtaxis durch die Stadt fahren. In genau der richtigen Geschwindigkeit. Ein bisschen schneller als laufen fuhr er an bunten Dingen vorbei, wie durch ein Panoramakino. Er staunte. Das war wie wieder jung sein.

Nach dem Staunen kam der Geschlechtsverkehr, der ihn weitere Wochen erfreute. Jeden Abend ein neuer Junge, er berauschte sich an sich und vergaß, dass er den Jungen bezahlte. Vergaß, dass er keine Zukunft wollte und seine Vergangenheit vergessen.

So beruhigend zu wissen, wie sein Tag aussehen würde. Lange schlafen, dann zur Massage, gut essen, die Tageszeitungen lesen und wissen, dass es wieder Sex gäbe, bei Einbruch der Dunkelheit. Die Jungs schienen sich auf ihn zu freuen. Er aß mit ihnen zu Nacht und fühlte sich aufgehoben durch ihre Berührung. Dann ging er zu Bett mit einem von ihnen, oder auch mal zweien. War wie Jugend saugen, trinken, auflecken, bis es schal wurde, das Gelecke.

Die Depression hatte ihn eingeholt. War zeitgleich mit ihm gestartet, zu Fuß, in Deutschland, und in Asien angelangt, nach zwei Monaten.

Er hatte keine Lust mehr, zu den Jungen zu gehen, mochte nicht mehr Mopedtaxi fahren. Er langweilte sich. Es war die gleiche Stadt, die gleiche Hitze, die gleichen Gerüche, doch er nahm sie nicht mehr wahr. Nur noch sich sah er, alleine in Cafés sitzen und schon am Mittag den ersten Rum trinken.

Einsamer als unter Menschen, deren Sprache man nicht versteht, kann man kaum sein. So sehr das Gefühl, nicht zu existieren, wie in einem Land, wo keiner nach einem suchen würde. Geht wohl kaum. Er saß und schaute, keine Bilder kamen an, im Kopf, im Bauch nicht, bis zu jenem Abend. Als er ihn traf.

Alle starrten den Jungen an. Männer, Frauen, Kinder, spürten etwas, das größer schien als sie, und fingen das Stolpern an. Vielleicht eine oder hundert Stunden saß er still und dachte, wenn er sich bewegen würde, wäre der Junge weg, würde sich auflösen, und saß still darum.

Etwas Perfekteres hatte er nie gesehen. Der Junge glich einer Statue. Irgendwas aus Bronze. Irgendwas, mit dem Gott nicht gescherzt hatte.

Das war bitterernst. Erst als der Junge bezahlte und sich zum Gehen anschickte, sprang er auf, sein Stuhl fiel um, und trat an des Jungen Tisch. Der Junge lächelte und sagte vielleicht seinen Namen. Vielleicht redeten sie, aber sicher war das nicht. Dann mußte der Junge gehen, er wollte am nächsten Tag nach Phnom Penh reisen.

Er war am Tisch sitzen geblieben, bis es zu regnen begann und gentechnisch veränderte Riesenkakerlaken aus den Gullys krochen. Er saß in der Nacht, die in Bangkok nie ruhig wird, bis zu der Stunde, da die Welt kurz stillsteht. Zwischen vier und fünf am Morgen hat es eine kleine Pause, einen Schnitt, an den der neue Tag angesetzt wird, der ist wie der davor, eine Endlosschlaufe.

Und hatte das Gefühl, dass er sich wirklich verloren hatte. Oder nie da war und nur funktioniert hatte zu Hause, weil es Dinge gab, die Bestand hatten. Dass es ihn vielleicht nie gegeben hatte, dachte er, als er da saß, im Regen in der Nacht, und er dachte, ich muss eine Idee finden, irgendeine Idee, die macht, dass es mich wieder gibt. Das war natürlich gelogen, die Idee war schon da, er dachte nicht daran in einem Krankenhaus zu arbeiten oder Jugendarbeit zu machen, außerdem hatte er in den vergangenen Wochen genug Jugendarbeit geleistet. Er dachte an den Jungen, an dessen Schönheit. An der er teilhaben wollte, ein Stück abhaben, und sei es nur für ein paar Stunden. Er stellte sich den Jungen nackt vor und begann zu zittern. Er wagte die absurde Idee, der Junge könnte ihn lieben. Nun wurde aus dem Zittern fast ein Krampf, der seinen ganzen Körper erfasste. Wenn er von dem Jungen geliebt würde, dachte er, dann wäre er gerettet, denn dann wäre er es wert zu leben. Die Stadt wurde wieder laut. Er packte und flog nach Phnom Penh.

Die Stadt hatte nach ihm gegriffen, mit Lärm und Staub und Dreck, der nicht zu erklären war. Etwas mit der Luft stimmte nicht, mit den Blicken der Menschen, die vielleicht zu Luft wurden. Etwas Gelbes.

Er mietete sich in einem Hotel ein, das Zimmer hatte kein Fenster, das Neonlicht war grün, dann saß er auf dem Bettgestell und hatte einen Moment der Klarheit.

In diesem Moment sah er sich, einen alten Mann auf einem rostigen Bettgestell, in einem Land, aus dem er nur mit einem Flugzeug fliehen konnte, und er hatte große Angst. Um sich und was ihn zusammenhielt.

Dann begann er zu suchen. In den Hotels, den Bars, den Bordellen, im Slum, auf den Straßen suchte er ihn. Er vergaß, dass sein Ziel eine Illusion war. Er war ein Mann und eine Aufgabe tat ihm gut. Mit etwas in sich, das Fieber glich, mit etwas, das mit Hormonen zu tun hatte, durchstreifte er die Stadt. Er war auf der Jagd, es ging um sein Leben. Überall konnte er den Jungen treffen, zu jeder Sekunde, und wenn er sich ausruhte, zwischen langen Fußwegen, zwischen Mopedtouren durch die Vororte, wenn er sich ausruhte, ging sein Herz sehr schnell, stellte er sich in immer neuen Variationen vor, wie die Begegnung wäre. Diese Zeit, so wusste er heute, hatte mehr mit Glück zu tun gehabt als jede zuvor.

Er fand ihn, als er des Glückes schon überdrüssig zu werden drohte. Die Hormone hatten sich zur Ruhe begeben, die fixe Idee verblasste, seine täglichen Streifzüge durch die Stadt waren ihm Routine geworden. Die Geräusche und der Gestank der Stadt erregten ihn nicht mehr, sie begannen ihn anzuöden.

Baracken an einer staubigen Gasse. Vor jeder saßen Mädchen mit viel Farbe und wenig Kleidung an sich. Sie verlangten 2 Dollar. Und so sahen sie auch aus. Der Junge saß mit Mädchenkleidern auf einem Holzschemel und blickte gelangweilt auf die Straße.

Sein Herz stand still. Die Hormone, das Zittern, die Idee, alles war wieder da. Und die Beine wurden ihm weich. Er wartete in sicherem Abstand, denn er hatte Angst. Wusste doch, dass der Junge gleich in seine Arme sinken würde, und fragte sich für Sekunden, ob er das wirklich wollte. Lebenslang und so weiter. Dann schüttelte er sich und ging los, langsam an dem Jungen vorüber. Der Junge gähnte, und das war mal klar: Er hatte ihn nicht erkannt.

Er kennt mich nicht, denkt er, und es sind keine zehn Minuten vergangen, seit er das letzte Mal zur Uhr gesehen hat, und das ist ihm drei Stunden entfernt. Er hat mich nicht erkannt, er ist ein Fremder. Doch weil das nicht die Wahrheit sein kann, stellt er sich Dinge vor, die ihm gelegener erscheinen. Der Junge ist schüchtern, der Junge kann nicht glauben, dass einer wie er sich für ihn interessiert. Vielleicht ist er unter Drogen gesetzt worden. Vielleicht ist er krank. Und dann kommen Bilder, auf denen er sich den kranken Jungen pflegen sieht, ihm den Kopf halten, die Augen lecken, ihn zur Genesung bringen. Und der Junge sein Leben lang dankbar. Sie würden nach Bali gehen, ein Haus mieten, glücklich sein. Dann fallen ihm die Augen zu, weil sie so brennen, vor Tränen.

Er hatte sich ein Zimmer direkt neben den Hütten gemietet und ging von da an jeden Tag an dem Jungen vorbei. Lächelte, grüßte.

Und der Junge erkannte ihn nicht.

Nach einer Woche begann er aufrichtig zu trinken. Erst nur, um Mut zu bekommen, sich ihm zu erklären. Doch der Mut kam nicht, der Rausch wollte sich nicht einstellen. Kam etwas wie Todestarre, die ihn auf dem durchgehangenen Bett fesselte, ihn zwang, an die Decke zu starren. Er hatte kaum noch gegessen seither, denn zum Essen musste er einkaufen, an dem Jungen vorbei. An dem Jungen vorbei wagte er sich nicht mehr. Er ertrug diesen leeren Blick nicht.

Seine Gedanken waren im Fieber, immer wieder sah er dieselben Bilder, in rascher Folge, der Junge von allen Seiten, doch kein Bild wollte bleiben, kein Bild schien real. Neben sein Bett hatte er einen Eimer gestellt, in den er urinierte. Sich manchmal erbrach, wenn ihm übel war. Er lag und die Tageszeiten verschwammen, die Tage waren vielleicht Jahre, vielleicht war sein Leben nur Einbildung und er lag schon immer da, alle Gefühle wurden konturlos und weich, wie das Licht, das durch die geschlossenen Läden drang und die Stimmen am Tag vor dem Fenster. Es ist einfach, das, was einen am Leben erhält, zu verlassen. Die Regeln, die man sich aufstellt, um sich an ihnen zu halten.

Reduziert auf die langsam arbeitenden Funktionen lag er und sah an die Decke.

Vier Uhr am Morgen oder in der Nacht oder egal, und die Tiere schweigen, alles schweigt, seit zwei Wochen liegt er jetzt in diesem Zimmer, weiß seine große Liebe ein paar Meter neben sich, unerreichbar.

Und er steht auf, schwankt, reißt im Aufstehen das Moskitonetz von der Decke, stößt den Eimer um, taumelt hinaus, nackt vor sein Haus, so rot war der Himmel noch nie gewesen. Er fällt hin und kriecht weiter, er wird ein Opfer bringen, für seine Liebe, so denkt er, und seine Umrisse verlieren sich, denn nun geht die Sonne auf. Die Stadt erwacht. Die Welt schüttelt sich, hat ihn nicht vergessen. Wusste doch nicht, dass es ihn gegeben haben sollte.

Der Einfluss von mehreren Bildern auf junge Männer

nach Hängung Damien Loeb

Frage: Was war der schrecklichste Moment Ihres Lebens?
Realität A:

Es war beinahe Herbst. Der Sommer noch in der Luft, aber schon schwer angeschlagen, der Morgen mit Nebel und es roch, so dass ich in einen Zustand kam, der fast hätte Trauer sein können, weil ich mich nicht zu verhalten wusste, gegen den Ansturm von etwas Unerklärlichem in mir. Ich saß in der Küche, direkt am Fenster stand eine Bank, sah aus dem Fenster auf Wiesen, die ausschauten wie gefroren. Doch es war nur Tau oder Nebel und zu spüren, dass die Tage recht warm werden würden. Die Zeit war, wenn ich mich heute daran erinnere, von einem unvollkommenen Glücksgefühl begleitet. So ein Glück war das, das mehr wollte und nicht wusste was. Als sei in dem Glück eine Blase aus Luft, die mit irgendetwas gefüllt werden wollte.

Wir waren aufs Land gegangen. In ein altes Haus waren wir geflohen, weil wir uns liebten und überlegt hatten, es einmal anders zu machen. Nicht zu warten, bis die Liebe sich abnutzt, Flecken bekommt zwischen Autos und Straßen und Büros und Steuern und Unglück.

Wir wollten sie konservieren, die Liebe. In den Alkohol einlegen, der das Land war.

Das Bild hing im Schlafzimmer.

Und Anna war überall.

Wie sie vor mir lief, wie sie lachte, ihr Gesicht nass vom Wasser im See. Ihre Haare auf meinem Bauch und es würde kein Ende geben. Da waren wir uns sicher. Warum sollte Liebe enden? Sie ist doch ein Gefühl wie Hunger und Durst, das hat man doch auch immer aufs Neue.

Als wir vom Krieg hörten, dachten wir, es wäre ein Scherz. Ich meine, wir hatten doch nicht geglaubt, dass es wahr werden könnte. Hören sie, Mann, ein Krieg. Bei uns. Heutzutage, ich meine, das kann man doch nicht glauben. Und als sie es sagten, im Fernsehen, und Bilder zeigten, glaubten wir es noch immer nicht. Wir sahen Menschen, die vielleicht tot waren, aber tote Menschen gibt es nur im Fernsehen und in der Zeitung. Wir hatten Angst, doch wir haben einfach getan, als wären da nur wir und das Land und der Herbst. Ich liebte mit Anna aufzuwachen und zu wissen, dass der Baum vor dem Fenster uns gehört, wir nirgends hingehen müssten. Dass, wenn wir Lust hätten, wir bis zu unserem Tod im Bett hätten bleiben können, um unseren Hunger zu stillen.

So ein Krieg, wissen Sie, das ist nicht, wie wir denken. Die Fernsehkameras zeigen nur lohnende Bilder. Bombendetonationen, zerstörte Gebäude, schreiende Leute. In Wahrheit ist es anders. Ab und zu ein leises Geräusch, das auch ein Gewitter sein könnte. Manchmal fehlten Dinge im Dorfladen. Ein paar Männer verschwanden. Das war es schon. Anna und ich kümmerten uns nicht um Krieg oder Politik, zumal sowieso keiner verstand, worum es ging. Wir hatten mit uns zu tun.

Sie kamen an einem Sonntag. Ich hatte keinen Gedanken, als ich die Männer ansah, es waren drei. Und ich meine, es war kein Film, das merkt man dann schon, wenn es echt ist. Einer hielt mir eine Waffe an den Kopf. Ich dachte, das kann doch nicht sein, sicher kann das nicht sein, es ist doch heute und Krieg, ich meine, das war nicht möglich, ein Irrtum. Und sah langsam zu Anna. Sah, wie einer der Soldaten ihr den Bauch aufschnitt, aber vielleicht habe ich mir das nur eingebildet, weil in dem Moment, glaube ich, die Granate detonierte und ziemlich viele Menschenteile durch die Wohnung flogen. Ich bekam einen Fuß ab und sah Annas Hand auf dem Boden. Die Hand, an der der Ring war, den ich ihr gekauft hatte. Ich lag dann neben ihr. Neben der Hand meine ich. Es waren die Sekunden, auf die nichts mehr folgen konnte.

nach Hängung Mariko Mori

Frage: Was war der glücklichste Moment in Ihrem Leben?
Realität C:

Ich war jung und Sie können mir glauben, dass das über Glück und Unglück nicht entscheidet. Ich denke mal, alle Älteren haben die verrückte Idee, dass junge Leute zwangsläufig glücklich sein müssen, weil ihre Haut glatt scheint und das Leben vermutlich noch vor ihnen liegt, aber ich kann ihnen versprechen, dem ist nicht so. Alle Erfahrungen zum ersten Mal zu machen und nichts zum Vergleichen, kann einen doch sehr verunsichern. Ich hatte viel Angst damals, also eigentlich bestand ich nur aus Angst. Ich fürchtete, dass das Leben zu schnell zu Ende sein würde, zu schnell, als dass ich herausgefunden haben würde, was ich damit anstellen wollte. Um mich sah ich nur Leben, wie ich sie nicht geschenkt wollte. Leben, die auch der wohlwollendste Betrachter nur als beschissen bezeichnen könnte.

Aber wie es anders gehen könnte, dazu hatte ich auch keine Idee.

Sie fragen mich nach Glück. Das Bild war ein Glücksfall. Ein Wald war darauf und es machte mich mutig, das Bild. So sollte sich mein Leben anfühlen, dachte ich, wenn ich es betrachtete. Und ich wurde mutiger.

Ich beschloss, zu dem Mädchen zu reisen, das ich im Jahr zuvor, als ich mit meinen Eltern in Urlaub gewesen war, kennen gelernt hatte. Wir hatten ein Jahr lang Briefe gewechselt und Bilder, ich hatte viele Träume von ihr, und nun war ich so mutig, dass ich sie besuchte.

So weit vorweg.

Das reine Glück begann, als ich im Zug saß. Ich hatte einen Platz am Fenster, das offen stand und von draußen kam diese Mischung aus Ruß, Sommerluft und Wind. Das Mädchen, das in meiner Phantasie die Antwort auf alle Fragen geworden war, lebte sechs Stunden von mir entfernt. Sechs Stunden fuhr ich im Zug, durch einen Sommer, von dem ich wusste, dass er mein Leben verändern würde. Ich stellte mir vor, wie das Mädchen in einem Sommerkleid am Bahnhof stehen würde, ich bewegte nur dieses Bild in mir. In allen Variationen sah ich das Kleid. Es hatte ein Blumenmuster und war vorne geknöpft. Das Kleid, an ihren Knien und ihrer Brust ein wenig offen, es war der Inbegriff von Schönheit, dieses Kleid, das sie trug in meinen Gedanken. Der Wind in ihrem Haar, wie wir uns umarmen würden, küssen und endlich keinen Hunger mehr hätten, nicht mehr ängstlich wären, ich stellte mir unser Leben vor und es war eindeutig goldfarben. Ab und zu trat ich auf den Gang und rauchte eine Zigarette. Jede in dem Bewusstsein, dass es eine der letzten wäre, die ich als einsamer Mensch rauchen würde. Normalerweise sagt man, dass Glück eine Sekundensache ist. Mein Glück dauerte sechs Stunden. Bis zu dem Moment, da der Zug auf dem Bahnhof einlief. Das Mädchen stand da. Sie hatte Hosen an und ihre Haare abgeschnitten.

nach Hängung Anna Gaskell

Frage: In welchem Moment Ihres Lebens haben Sie sich am einsamsten gefühlt?
Realität B:

Die Alternativen, die ich sah, waren beschränkt. Ich hätte mich umbringen können. Wie so viele, war ich zu feige, weil ich mir dachte, den Kopf abzutrennen, zum Beispiel, dann lebt man ja noch nach und vielleicht hätte ich in den Sekunden des Nachlebens nicht mehr sterben wollen. Das muss schlimm sein. Die andere Möglichkeit war wegzulaufen. Aus dem Leben. Ich saß seit ein paar Tagen auf einem Stuhl, das Kind lag in seinem Bett, es war tot. Nicht dass ich etwas in der Sache unternommen hätte. Ich hatte nur länger nicht mehr nach dem Kind gesehen, weil ich nicht wollte, dass ich es lieb gewänne. Ich wusste doch, dass mein Leben versaut war, mit dem Kind. Das wusste ich von dem Moment an, da es da war, ein blöder Fehler. Die Frau zu dem Kind hatte es mir in den Arm gedrückt und war verschwunden. Und ich dachte, wenn ich es ignoriere, kann ich so weiterleben wie bis dahin. Nun lag es tot da, und das war mir auch nicht recht. Es tat mir Leid um uns, wie ich es so liegen sah, so weiß und klein. Das Bild, das ich geschenkt bekommen hatte und nie mochte, hing über seinem Bett, und dann saß ich also neben dem Kind, wie nie, als es noch lebte.

Ich ging dann los. Lief, bis ich die Stadt hinter mir hatte, hörte einfach nicht auf mit dem Laufen, das geht schon. Die Gegend war erschütternd hässlich. Fabriken, Brachland und so weiter, der Boden gefroren, das Laub darin braun wie verwest. Da dachte ich wieder an das Kind, wo ich die Blätter sah. Ich hatte keinen, der mich gemocht hätte. Begattet ja, viele, gemocht: nein. Klarer Fall. Ich war die einsamste Person, die ich kannte, selbst ich verkehrte mit mir nicht gerne. Das Kind hätte ein Weg sein können, aber das habe ich nicht erkannt. Dass es jemand hätte gewesen sein können, der mich mag. Und ich hatte nur gedacht, es hätte mich gestört dabei, das Glück zu suchen. Das Glück, da lachte ich, aber es wurde Husten daraus. Ich bin getaumelt, konnte mich kaum halten, aber gut, leer war ich, und dachte gar nichts weiter, außer dass ich mich auf den Beinen halten musste. Und das ist, sie werden mir zustimmen, ein recht dünner Grund um weiterzumachen.

Protokolle entstanden in Aufzeichnung mehrerer Gespräche mit 19-jährigen Stadtbewohnern kurz nach ihrem Tod.

Interview mit dem Projektleiter.

FRAGE: Welchen Beweis wollten sie mit ihrer Versuchsreihe erbringen?
PROJEKTLEITER: Einflüsse. Es ging um Einflüsse auf das Hirn junger Probanden. Kann heute noch Wahn entstehen, hat es Phantasien, wo es alles hat.
FRAGE: Und? Was können sie abschließend sagen?

PROJEKTLEITER: Realität ist weitgehend uninteressant.
FRAGE: Danke.
PROJEKTLEITER: Bitte.

Experiment

Das Leben setzt sich aus inneren und äußeren Ereignissen zusammen.

Die äußeren sind einfacher zu erkennen und zu behandeln.

Die inneren Ereignisse sind wie Organe, undurchsichtig, wie das Funktionieren der Biomasse Mensch. Man muss lernen, sie einzuordnen, die inneren Ereignisse. So wie Laufen und Essen und Reden muss man lernen, was es heißt, Trauer zu empfinden oder Glück, und die dazu entsprechende Mimik und Gestik, bis sich Mimik und Gestik von alleine einstellen, bei dem kleinsten Anzeichen. Dass es klar ist, worum es sich handelt.

Ein Kind hat ein inneres Durcheinander von Wahrheit, Wissen und Gefühl. Die Kindheit ist furchtbar.

Ein Kind weiß nicht auseinander zu halten, was außen ist und innen, was es selber ist und was andere. Ausgeliefert ist es. In sich ein Durcheinander wie in einem unaufgeräumten Kleiderschrank. Und die Arbeit eines Heranwachsenden besteht darin, die Kleider in die richtigen Fächer zu stapeln. Dass sie bereitliegen für den schnellen Zugriff. Wer seine Gefühle nicht benennen kann, versteht nicht, sie zu beherrschen. Unbeherrschte Menschen sind sich und anderen unterlegen.

Ich möchte betonen, dass ich mich für nichts Besonderes halte.

Ich denke nicht, dass ich ein Soziopath bin. Der Verdacht könnte naheliegen. Doch Soziopathen halten zuviel von sich.

Ich hingegen weiß, dass mein Leben in jeder Nacht enden kann. Einfach dadurch, dass eine Gasleitung defekt ist. Ich bin nicht paranoid, doch wer sich für unsterblich hält und nicht mit der Fünfzig-Prozent-Wahrscheinlichkeit seines täglichen Ablebens rechnet, hat irgendetwas nicht begriffen. Ich sehe die Sache so: Ich bin ohne gefragt zu werden geboren worden. Ich habe eine unüberschaubare Lebensdauer. Ich muss mich in dieser Zeit einrichten. Muss die Tage herumbekommen, dass sie mich nicht beherrschen, muss schauen, dass die Langeweile nicht zu übermächtig wird, muss Obacht geben, dass ich mit den Menschen um mich herum eine Art friedliches Nebeneinander aufbaue. Um mehr geht es meiner Meinung nach nicht.

Ich wollte nie berühmt werden oder was Menschen sonst noch so einfällt. Ich wollte friedlich meine Zeit herumbringen, ohne jemandem groß auf den Wecker zu fallen.

Ich habe einen Beruf, der für die Allgemeinheit nützlich ist. Ich habe keine Probleme, nichts zu sein. Ich verachte die Bemühungen anderer nicht, gegen ihre Sterblichkeit anzukämpfen. Ich denke, das ist ihre Art mit der Angst umzugehen.

Meine Angst habe ich unter Kontrolle.

Von allen Gefühlen, die einem Menschen innewohnen können, habe ich die meisten bereits erforscht. Sie liegen abrufbar in meinem inneren Kleiderschrank. Ein Gefühl ist mir noch unvertraut. Es wird in diesem Sommer erforscht. Es handelt sich um Liebe.

Ich kenne das Gefühl von Sympathie. Auch der Wunsch, jemanden zu berühren, ist mir nicht fremd. Unklar ist, ob es eine allgemein gültige Erklärung für Liebe gibt. Oder ob das Gefühl gerade deswegen so überbewertet wird, weil es sich jeder Erklärung entzieht.

Ich rede hier nicht von Liebe zu einem Kind. Das ist ein biochemischer Prozess, um die Rasse zu erhalten, und hat für mich mehr mit Abhängigkeit und einem Versorgungsinstinkt zu tun.

Die willkürliche Liebe zu einem Menschen, mit dem man sich sexuell vereinigen möchte, das interessiert mich. Handelt es sich nur um kurzfristige Prozesse, die die Paarung ermöglichen, oder steckt mehr dahinter? Ist es wie mit einer Religion, die von Menschen unantastbar überhöht wird, damit sie das Gefühl der menschlichen Eindimensionalität verlieren?

Ich lebe sehr abgeschlossen. Das heißt, ich habe entschieden, dass ich auf Freundschaften verzichte. Menschen erscheinen mir oft wie Nuklearsprengköpfe. Sie sind unberechenbar, was daran liegt, dass sie ihre Gefühle nicht kennen. Ich habe erkannt, dass mir Freundschaften zu wenig Vorteile bringen. Ich suche die Nähe zu anderen nicht. Ich kann mich sehr gut mit mir beschäftigen.

Wenn ich von der Arbeit komme, die ich sehr gewissenhaft erledige, nicht aus einer Art Pflichtbewusstsein heraus, sondern nur, damit ich darüber nicht weiter nachdenken muss, gehe ich nach Hause. Meine Wohnung ist nach meinen Bedürfnissen eingerichtet. Sie ist funktional und lässt all das vermissen, was andere Menschen als Behaglichkeit bezeichnen, was aber für mich nur eine Anhäufung von fragwürdigem Eigentum ist.

In meiner Wohnung lese ich, entspanne, schaue aus dem Fenster und denke ab und an nach. Seit meinem 17. Lebensjahr habe ich mir jährlich ein Gefühl als Lernprogramm genommen. Ich habe es erforscht, verstanden und konnte es danach ablegen. Man kann sich vorstellen, dass ich viel zu tun hatte seither und mir nicht langweilig war.

Mit anderen Menschen gehe ich freundlich um, das ist einfacher und angenehmer als unhöflich zu sein. Doch es kommt mir nicht in den Sinn, meine Freizeit mit ihnen zu teilen. Filme im Kino kann ich alleine schauen, essen kann ich ebenfalls alleine. Für mich ist Freundschaft nur eine Form, seine Angst vor dem Tod zu besiegen. Es heißt für mich, sich eine Nähe vorzuspielen, die jeder Realität entbehrt.

Das ist für mein körperliches Wohlbefinden nicht interessant.

Für die Bestimmung der Liebe benötige ich unbedingt eine Person außerhalb meiner eigenen.

Mir eine optisch auffällige Person für mein Experiment zu suchen, erscheint mir als zu einfach. Es wäre auch zu unklar, ob ich die Liebe dann nur wegen der Körperlichkeit empfände. Beim Gefühl der Liebe geht es mir darum herauszufinden, was hinter der Oberfläche liegt. Ich bin mir nicht klar darüber, ob zwei Menschen durch etwas anderes als Triebe, Ängste oder Zwänge eine Verbindung herzustellen in der Lage sind.

Es ist ehrlich so, dass mich die Erforschung eines Gefühles beschwingt. Ich bilde mir nicht ein, an meiner Vervollkommnung zu arbeiten. Auch ein vollkommener Mensch muß sterben. Ich erfreue mich lediglich an einer neuen Aufgabe, sagen wir, an einer neuen Stufe der inneren Aufgeräumtheit. Ich weiß, dass meine Worte klingen wie die eines asozialen Wesens. Aber das ist meines Erachtens nicht der Fall. Wir alle suchen doch, wenn wir nicht um das tägliche Überleben kämpfen müssen, einen Inhalt im Leben, dem wir uns unterordnen können. Der Mensch ordnet sich gerne etwas unter, das ihm größer scheint als er selber. Dagegen gibt es nichts einzuwenden.

Morgens, wenn ich in meinen Betrieb gehe, komme ich an einem Geschäft vorbei, das vielleicht einmal bessere Zeiten gesehen haben mag. Es ist ein kleiner dunkler Laden, der Lottoscheine, Zeitschriften, Kaffee, sehr benutzt wirkende Plüschtiere und Bücher, die Titel haben wie:

Poesie zu jeder Jahreszeit – verkauft.

In dem Laden sitzt im Schaufenster ein Mädchen. Meist liest sie und nie habe ich einen Kunden in dem Geschäft gesehen. Was möglicherweise an der Tageszeit liegt, zu der ich den Laden passiere. Vielleicht ist er eine Stunde später rappelvoll mit bosnischen Bauarbeitern, die Kaffee trinken und sich Gedichtbände schenken.

Das Mädchen ist so unauffällig, dass sie wie eines der verstaubten Produkte in ihrem Geschäft wirkt. Eine Person, an der es nichts gibt, was man erforschen möchte. Ihr Haar ist von der Farbe nassen Sandes, ihre Figur ist irgendwie. Nicht dick, nicht dünn. Ich könnte nicht sagen, ob das Mädchen Brüste besitzt. Meist trägt sie eine blaue Kittelschürze, wenn sie im Schaufenster sitzt. Die Kittelschürze wäre vielleicht etwas, worüber es nachzudenken lohnte, denn wer trägt heutzutage schon so etwas. An dem Mädchen wirkt sie aber eigenartig normal. Fast wie verschmolzen mit ihrer unspektakulären Erscheinung. Ihre Haare hat sie mit einer Klemme aus dem Gesicht gehalten.

Ich hatte noch nie einen Blickkontakt mit dem Mädchen, deren Alter ich auf Ende zwanzig schätzen würde. Es überraschte mich aber keineswegs, wäre sie Ende vierzig oder fünfzehn. Ich hatte keinen Blickkontakt mit ihr, weil sie ständig in etwas liest, wenn ich an ihr vorüber gehe.

Schon bevor ich mich für mein Experiment entschied, wusste ich, dass dieses Mädchen einer näheren Untersuchung standhalten müsste. Mich interessieren, wenn überhaupt, Menschen, die ohne jede Eigenschaft scheinen. Mich interessieren Verpackungen nicht. Mich interessieren Lebensentwürfe nicht, die ganz klar das Äußere einer Person dominieren. Mich interessieren Worte nicht. Worte sind, wenn sie nach außen gelangen, durch so viele Instanzen gegangen, dass sie nur noch sind wie eine alte Tageszeitung.

An einem Morgen betrete ich also das Geschäft. Ich erwarte das Klingeln einer Glocke zu hören, die über der Tür angebracht ist, und fast bin ich irritiert, als die Tür sich ohne jedes Geräusch öffnet.

Von jenem ersten Morgen ab brauche ich ungefähr eine Woche, bis das Mädchen mich fragt, was ich mit den Büchern mache, die ich täglich morgens um halb acht erwerbe.

Worte für dunkle Tage
Eins sein mit der Göttin in mir
Hymnen an Bäume

sind nur drei Titel, die ich mir gemerkt habe. Die anderen Bücher klingen ähnlich, ich werfe sie direkt nach Verlassen des Ladens weg.

Das Mädchen spricht mich also an und es ist klar, dass sie sich seit Tagen auf ihren ersten Satz vorbereitet hat. »Sie lieben Gedichte«, ist der erste Satz.

Ich messe ihm keine Bedeutung bei, außer dass meine Bemühungen nun auf die nächste Ebene gehen können. Von jenem ersten Satz an gehe ich jeden Tag in den Laden, kaufe ein kleines Buch und rede mit dem Mädchen über Literatur. Ich könnte nicht genau wiedergeben, was sie mir erzählt. Es sind eben nur Worte, doch dahinter sehe ich, dass das Mädchen ein sehr einsamer Mensch ist. Sehr viele Ängste, sehr viele unklare Gefühle. Sie ist 27, was mich nicht erstaunt, und ich glaube, dass sie noch nie mit einem Mann zusammen war, aber vielleicht täusche ich mich.

Ich täuschte mich. Sie war mit einem Mann zusammen gewesen, der sie verletzt und verlassen hat.

Das erfahre ich bei unserer ersten Verabredung.

Das Mädchen, ich könnte jetzt beginnen sie mit ihrem Namen zu nennen, unterlasse das aber, denn es schleicht sich Unklarheit in Beobachtungen, wenn man Dinge zu früh beim Namen nennt, hat sich sehr schön gemacht, doch ich vermisse die Kittelschürze an ihr. Es verstört mich. Fast, als sei sie nackt, und das ist für den momentanen Stand unserer Beziehung zu viel Information. Ich lasse sie reden, an diesem Abend, und versuche alles, was sie mir erzählt, nicht zu bewerten. Versuche, es mit liebevoller Güte zu betrachten, ohne weitere Schlüsse daraus zu ziehen. Fast denke ich, dass man jeden Menschen so behandeln kann. Ihn nicht zu bewerten, denn das eigene Wertesystem setzt sich nur aus den eigenen Regalfächern zusammen.

Ich muß nichts von dem wiederholen, was sie mir erzählt hat. Es ist nichts dabei, das mich grundsätzlich überrascht.

Es ist ein gutes, ein unglückliches Mädchen, das fest von seiner Unattraktivität überzeugt ist. Nach zwei Wochen werden wir geschlechtlich.

Das Mädchen ist nun völlig nackt und ihre Art, sich mir zu öffnen, hat etwas sehr Verzweifeltes. Fast scheint es mir, als habe sie das Gefühl, dass es in ihrem Leben das letzte Mal sei, dass ein Mann sich ihr zuwendet. Ich kann es nicht sagen. Die Gedanken anderer Menschen zu erraten hat etwas vom Glauben an Astrologie. Alles ist möglich, aber es ist auch egal.

Als das Mädchen eingeschlafen ist, liegt ihr Kopf an meiner Brust, ihre Faust ist fest um meinen Daumen geschlossen. Ich betrachte sie die Nacht hindurch und empfinde viel Mitgefühl für sie. Ich werde mehr Zeit mit ihr verbringen müssen.

Einige Monate nach unserer ersten Nacht ist das Mädchen zu einem festen Bestandteil meines momentanen Lebens geworden. Ich weiß um ihren Geruch, er ist auch in ihrer Abwesenheit in meinem Gedächtnis. Ich kenne die Mimik, die sie bei gewissen Gefühlen hat. Kenne ihre Angst in der Nacht und ihre Hände, die sich an mich klammern, im Schlaf. Ich kenne ihre Tränen, wenn sie sich alleine glaubt, im Badezimmer. Weiß, wie sie dann vor dem Spiegel steht oder vor der Badewanne sitzt, und eine Ahnung von dem hat, was kommen wird. Es nicht zu benennen vermag und sich die Trauer abtrocknet, sich die Tränen trocknet, das kleine Gesicht sauber wischt, ein Lächeln hineingibt, bevor sie wieder zu mir tritt.

Ich kenne die Flut der winzigen Worte, die sie murmelt, bevor der Schlaf zu ihr kommt. Es ist mir alles angenehm an ihr.

Ich umfasse sie, ihre konturlose Gestalt, und es ist in mir etwas, wie ich es habe, wenn ich kleinen Tieren im Regen beim Spielen zuschaue.

In jenem Sommer verreise ich mit ihr.

Wir fahren in eine Pension in einem Dorf, das umgeben ist von Gebirge, von Bächen, von Blumen auf Sommerwiesen und einer rührenden Altmodischkeit. Der Ort und die Pension scheinen in den fünfziger Jahren den

Kontakt zur Außenwelt eingestellt zu haben. Das macht, dass alles eine freundliche Unwirklichkeit erhält. Die selten verkehrenden Autos wirken wie kleine Pferde auf den Kopfsteinstraßen. Die Behäbigkeit scheint sogar die Sonne erfasst zu haben, die müde scheint und nie zu heiß wird.

Das Mädchen ist so glücklich, wie ich es an ihr noch nie beobachten konnte. Sie hat ein klares Gefühl, kann es einordnen. Sie ist nicht mehr allein. Das lässt sie fast kindlich werden. Das Mädchen springt auf Wiesen herum, flicht Blumenkränze, wirft sich nackt in Bäche. Zu Bett schmiegt sie sich so eng an mich, dass es scheint, als wolle sie ein Teil von mir werden. Erwacht mit einem Lachen und beginnt übergangslos wieder das Hopsen.

Ich habe mich sehr an sie gewöhnt.

Nach unserer Rückkehr hat das Mädchen große Mühe, zu ihrem Leben, ihrer Kittelschürze und dem dunklen Laden zurückzufinden. Als ich das Mädchen aus meinem Leben schicke, an einem Abend, von dem mir unklar ist, wie man seine Jahreszeit korrekt bezeichnet, ich ihr nachsehe, wie sie langsam die Straße entlangläuft, anhält unter einer Laterne, ein kleiner Schatten, wie ein Zwerg, oder ein krankes Kind.

Da weiß ich, dass ich das Gefühl für Liebe gefunden habe.

Rudi redet

Ist da jemand?

Ich bin hier.

Das ist gut. Ich weiß keinen, wo ich sonst sprechen kann. Und ich muss jetzt sprechen. Jemanden sprechen, weil ich nicht weiß wie weiter.

Ist ja gut.

Ich hab solche Angst. Ich sehe aus dem Fenster, weißt du, und draußen, weißt du, ist die Stadt, und nirgends ist einer munter. Und ich denke, also vielleicht sind alle tot. Oder die waren schon immer tot und ich bin noch alleine da. So fühl ich mich. Als wäre nur ich noch da, zwar höre ich dich, aber ich kann mir nicht vorstellen, dass es noch einen gibt außer mir. Ich bin übrig.

Es ist drei Uhr morgens.

Hast du schon mal rausgesehen. Also nur so rausgesehen, ohne eine Absicht, also nicht dass du geschaut hast, ob es regnet? Wenn man das so eine Weile macht, rausschauen ohne Absicht, dann sieht man erst das, was man kennt, aber nach einer Weile wird dir alles fremd im Auge, so wie wenn man ein Wort ganz oft sagt, bis es keine Bedeutung mehr hat. Sie ist so hässlich, die Stadt, dass man, wenn man sich ein bisschen darauf konzentriert, fast keine Luft mehr atmen mag, weil man denkt, das geht sonst in die Lungen und macht irgendwie krank.

Ich habe nie gemerkt, dass die Stadt so hässlich ist. Ich habe ja nichts anderes gesehen, da denkt man ja, das sei das Normale. Einmal waren wir in Urlaub, in Spanien, aber das war jetzt auch nicht so verblüffend. Da waren halt Häuser.

Die Nacht ist, als ob es im Zimmer regnet.

Da steht ein Holzstuhl vor einem Tisch. Auf dem liegt eine karierte Decke mit Brandlöchern. Die Tür im Schrank ist nur noch an einer Angel befestigt. Der gelbgraue Fußbodenbelag, und dieses Bett, wie aus einem Jugendzimmer, das Bett. Und es knarrt, wenn ich mich draufsetze, und es knarrt, als ob es weint, weißt du, und neben dem Bett sind nur 15 Zentimeter. An der Decke hängt so eine Kugellampe, die unten ganz schwarz ist von den toten Insekten. Ich sitze hier auf dem Bett und das knarrt und draußen ist es hässlich und drinnen und ich kann es noch bis morgen bezahlen, das Zimmer.

Aha.

Die Nacht ist wie ohne Ende. Aber ich weiß, dass sie ein Ende haben wird. Das war immer so. In ein paar Stunden werden aus den Häusern Männer und Frauen kommen. Sie werden nicht wissen, was sie tun. Sie werden wie schlafen und in ihre Busse gehen, in die Autos, wie als wären sie gar nicht aufgewacht, vor den Fabriken raus und schnell über den Hof, das war dann der Kontakt zur Außenwelt. Wenn sie wieder ans Licht kommen, hat es gar kein Licht mehr. Sie gehen im Dunkeln heim. Ich habe nie darüber nachgedacht, dass alle wie ich den ganzen Tag etwas machen, was sie nicht mögen, nur um ihr Leben zu bezahlen. Aber das Leben gibt es gar nicht mehr, weil sie am Abend zu müde sind. Sie erkaufen sich nur das Schlafen irgendwo.

Ich bin jeden Morgen um fünf aufgestanden, ich hatte nie sagen können, warum mir so schlecht war, du hast noch geschlafen und ich habe dich gehasst dafür.

Ich weiß.

Dann bin ich in den Bus und in die Zeche. Es gab da keinen Moment zum Denken. Auf der Arbeit denken, das fällt keinem ein. Am Abend ging ich immer trinken, weil es mir irgendwie schlecht ging. Und nach dem Trinken kam ich heim. Wenn du da warst, habe ich dich geschlagen, einfach weil du da warst.

Ich weiß.

Das war nie persönlich, weißt du. Ich wusste gar nicht, dass du ein Mensch warst, so in dem Sinn. Das hatte ich vergessen. Da war nur einer, der sah mich an, ich habe den angesehen, und da war es so klar, dass ich lebe, und dann kam die Wut. Es war nie persönlich.

Ist doch nicht schlimm.

Aber auf eine Art ging es mir auch gut. Also ich meine, wenn man sich nichts fragt, dann geht es einem doch gut. Ich hatte Arbeit. Ein Mann muss an einen Platz gestellt werden. Er muß seine Arbeit tun und trinken. Das ist normal, da kannst du hingehen wo du willst. Bei den Eingeborenen und so. Die Frau ist zu Hause, macht ihre Sachen, und der Mann arbeitet an seinem Platz. Ich glaube, das ist so. Vielleicht ist das auch schon alles. Vielleicht macht keiner mehr.

Jetzt lässt der Regen nach. Dass die Stadt so hässlich ist, habe ich nie gewusst. Erst jetzt, seit ein paar Tagen, da ist es, als sähe ich das zum ersten Mal. Die breiten Straßen, die gelben Häuser, und die Häuser sind nur Höhlen, mit ein wenig Licht und Wärme, wo die Menschen schlafen können, um morgens unter Tage zu fahren. Und die Frauen sind in den Häusern, gehen in Läden, tragen Essen heim, um es den Männern zu füttern, dass die funktionieren. Das ist doch Betrug.

Ja Rudi.

Früher hat man noch mal gefickt. Aber das hat aufgehört. Es war wohl zu lebendig, und wenn es vorbei, ist man noch unglücklicher, weil es nur ein paar Minuten geht, dass man vergisst. Ich habe nie gedacht, dass ich mir mal einen Menschen wünschen würde.

Weißt du, ich bin seit ein paar Tagen unterwegs und suche irgendwas Schönes. Aber es gibt nichts. Dass mir das nie aufgefallen ist. Es gibt Kneipen, die sind gelb, und es gibt die Häuser, die sind gelb, und Straßen, die sind laut, und ein paar Bäume, die sind auch gelb.

Ich habe dreißig Jahre nicht gemerkt, dass alles gelb ist. Ich hätte es an den Wochenenden merken können. Aber da wollte ich schlafen, und wenn ich aufgestanden bin, hat es mich aus der Wohnung getrieben in die Kneipe, und die paar Meter habe ich nichts gesehen, weil die Augen so verquollen waren vom Schlafen.

Verstehe.

Ich habe dreißig Jahre gelebt, als hätte ich schlecht geschlafen. Ich habe nie darüber nachgedacht, dass das Leben mal aufhört. Ich habe gedacht, der Husten sei normal, und dass ich eine Frau hatte, die war wie mein Besitz, und dass mir der Rücken immer wehtat, und dass ich immer müde bin, und dass ich nie Appetit habe auf was, weil alles gleich schmeckt, und dass es nichts gibt zum Freuen außer Sport im Fernsehen, und dass es in der Wohnung immer zu kalt war, weil die Fenster nicht schlossen, und zu laut, da habe ich doch gedacht, so ist das eben, da habe ich nie drüber nachgedacht. Und jetzt ist es zu spät.

Ja.

Als ich entlassen wurde, vor vier Wochen, dachte ich da auch nicht drüber nach. Bis zum nächsten Morgen, als ich um fünf aufwachte und auf einmal nicht mehr wusste, wohin ich gehen sollte. Ich saß auf dem Stuhl neben dem Bett, hatte die Arbeitskleider schon an, die Tasche auf den Knien und dachte auf einmal: Wohin soll ich jetzt nur gehen? Weil draußen ist doch nichts zum Hingehen, und die Wohnung, also die ist zu klein. Da habe ich gemerkt, dass es mich gar nicht gibt, wenn ich nicht arbeite. So richtig nicht. Da sind keine Gedanken und nichts.

Hm.

Dann bin ich rausgegangen und wollte auf einmal so sehr jemanden haben. Da bin ich Spatzen hinterhergelaufen. Ich dachte, so ein Vogel, das wäre was, den könnte ich streicheln und so. Aber die sind immer weggeflogen, die Spatzen, und mit der Zeit bin ich wütend geworden.

So wie mit dir. Da habe ich schon gemerkt, dass da was schief gelaufen war, aber es war so kaputt, was da schief gelaufen war, dass ich wusste, es geht nicht zu reparieren. Und du hast geschwiegen. Ich hatte es versaut und bin so wütend geworden.

Es ist immer noch drei. Die Lichter sind immer noch an. Es regnet immer noch. Ich weiß nicht, was ich jetzt noch soll. Ich habe keine Kraft, ich weiß nicht, wie man lebt. Ich würde gerne tot sein. Ich weiß nicht, wie man stirbt. Ich schaue mich im Zimmer um, da ist nichts zum Sterben. Ob drei Stockwerke reichen zum Sterben? Ich habe Angst davor. Warum habe ich Angst davor? Ich habe mehr Angst vor morgen. Ich habe vor allem Angst. Ich habe solche Angst.

Es ist doch nicht so schlimm.

Ich habe zwei Wochen in der Wohnung gesessen. Ich habe mich kaum bewegt. Ich bin nicht mehr in die Kneipe gegangen. Ich hab es nicht ausgehalten, die anderen zu sehen, die von der Arbeit kommen. Ich habe zwei Wochen in der Wohnung gesessen. Ich habe gegessen, was noch im Kühlschrank war, und dann, was noch in den Schränken war, und dann nichts mehr. Die Weinflaschen geleert und den Schnaps. Es war mir zuwider, aufs Klo zu gehen. Es war Bewegung, Hose runterziehen, ich wollte mich nicht mehr bewegen, mich nicht mehr anfassen, ich wollte vergessen, dass es mich gibt.

Hm.

Manchmal habe ich gedacht, dass es bestimmt etwas in meinem Kopf geben müsste, das mehr wäre als das, was mir normal eingefallen ist. Aber ich habe es nie zum

Vorschein bekommen, ich habe gedacht, wenn ich das, was größer ist, mal zu fassen bekäme, wüsste ich eine Lösung, das wäre dann, wie von Schwarz-Weiß in Farbe wechseln. Aber ich habe es nie zu fassen bekommen. Ich habe nichts gehabt, worüber ich mich gefreut hätte, nie. Ich hab nichts gekannt, was schöner gewesen wäre als das, was ich gesehen habe.

Ja.

Als du weg bist, hat es auch keinen Unterschied gemacht. Zwei Wochen später bin ich entlassen worden und jetzt sitze ich in dem Hotel, weil ich Angst habe, nach Hause zu gehen, und möchte so gerne tot sein. Das wäre mein Wunsch und ich hab doch Angst davor. Es ist jetzt vier. Erst vier. Ich habe seit zwei Wochen nicht mehr geschlafen, und jetzt wird es heller auf so eine gelbe Art. Da ist keiner draußen, stimmts?

Ja, das stimmt.

Ich möchte tot sein.

Ich lege jetzt auf.

Ein Herr über Herren

Originalbeitrag von Till Lindemann

I.

Sie war gut alleine
und dankbar
also alt
Im Sturm ist jeder Hafen gut knurrte mein Tierchen und
rasselte mit der Kette
ja
doch
hatte der Wein sie verprügelt
ihr Gesicht aufgedunsen
Äderchen rot geschwollen suchten Halt
die Augen wollten nach Hause
Schminke gab es nicht mehr
ein ehrliches Scheißgesicht mit einem riesigen Aknekind
auf der alten Nase
Noch drei vier Tage dann kann man dich aufmachen
Pickel
hauchte mein Ermessen
Erfahrung nickte –
bellte
Tu es jetzt
nun gut
Ein stinkender Weinwind riss letzte Zweifel vom Kopf
mein Blut brannte
dann zwei Kerzen
vom letzten Mal
also alt
es gab mehr Wein und wenig zu erzählen
Dann schlief ich so ein
Ekel weckte sagte guten Abend
alles roch
und ein Zettel
sie legen immer Zettel hin

steht immer Gleiches drauf
– es war sehr schön
und ich würde dich gerne wieder sehen
– (beides nein)
eine Telefonnummer
keine Unterschrift – kein Name
Tiere wissen auch nicht wie sie heißen
Ich warf die Nacht aus meinem Kopf
das Laken aus dem Fenster
nahm ihr Papier mit ins Bad
und fluchte beim Pinkeln
die erste Ameise hatte die Tanzfläche betreten

Verblühte Menschen
Schuppenflechten
auch Frauen
die Jahre schon gewechselt
Ausschläge
Sträuße roter Gürtelrosen
Männer im Vorruhestand Pilz-betagte Kinder die Pusteln und Schamhaare zählen –
Verbrennungen Rosazea schwarze Magu und nässende Stellen
offen
Das Wartezimmer des Dermatologen
eine Galerie menschlicher Pelle bei Sturm
Hier ist man froh wenn man sein Elend offen in leuchtenden Farben
zur Schau stellen kann an Hand Gesicht Ohren
es fällt von Zeit zu Zeit
einfach von der Kopfhaut
Wer das Gesicht an Magazine presst als hätte er Kurzsicht erfunden
die Beine mit den Seiten überschlägt

hilflos nach Leidensgefährten sucht
der hat das Problem unterm Gürtel
Schuldig
Wer diesen Gerichtssaal betritt als suche er ein heruntergefallenes Geldstück
unsicher und Anfang dreißig
Schuldig
Sie starren dich an und denken sich Strafen für dich aus
ja er hat es widerlich Schwein
doch jetzt wird gegeißelt
recht so
Sie kennen das Verfahren
Behandlungszimmer Diagnose Arzt
Guten Tag na wo drückt der Schuh
blickt von seinen Karteien auf
Sie schon wieder
dann Labor Abstrich mit Schwester Heike heut schlecht gelaunt
wieder Behandlungsraum und sie starren
jetzt bekommt er die Spritze
Lassen s sich das eine Lehre sein
Mach ich
geh zu den Bäumen reibe mir an Parkbänken die Blicke aus dem Rücken
und warte auf die Sterne
Penizillin ist großartig

Heute
Ich muss den Arzt wechseln
Freunde empfehlen eine Ärztin aber sehr einfühlsam
fahre weit
da kennt mich niemand
werde aufgerufen
das Sprechzimmer ist klein

etwas zu dunkel riecht nach Suppe
Sie grüßt und blickt von den Karteien auf –

den Pickel könnte man jetzt aufdrücken

II.

Im Fernsehen lief ein Boxkampf
ich hatte eine Wette laufen
es mir gut gemacht
das Sofa warf Falten und die Katze rieb sich ein großes Glas Milch
Schnittchen und Zigaretten
die gute alte Männerwolldecke für erschöpfte Männer und so
Die erste Runde hatte angefangen
Die beiden boxten verhalten
Mein Mann hatte die Deckung zu weit unten
und kassierte einige gerade Linke
Hoch brüllte ich und die Katze erschrak
krallte sich in meinen Oberschenkel
ich schrie und gab ihr einen Tritt
Es klingelte
Schnell den Ton weg
falsche Taste
richtig laut
Ich schaltete ab und blieb liegen
Die Katze kam wieder
Klingel auch sehr lange
fing an zu husten
– ich weiß, dass du da bist –
Fluchend rollte ich mich aus der Decke suchte meine Socken

stellte den Fernseher wieder an
Die hat die Eier vier Tage kein Furz von ihr und ausgerechnet jetzt ...
stolperte
über den Kater
kann sie dann gleich mitnehmen Scheißvieh
Es hatte geregnet
Sie sah aus wie Tauwetter lief an mir vorbei grußlos im Bad
Toilettenpapier mit Naseninnereien versenken Haare trocknen pinkeln
mühte sich mit dem Handtuch den nassen Schnürsenkeln
die Abseite zu mir
ihren Arsch konnte man rahmen lassen
ich lag wieder unter der Decke entschied mich für den Kampf vierte Runde
war im Gange
der Arsch konnte warten
Mein Mann hat eine Braue offen und auch sonst war er alles andere als gut
beisammen torkelte steif wie ein Fahnenmast besuchte die Seile als wolle er
die Affen in der ersten Reihe kennen lernen klammerte seinen Gegner lehnte
sich an ihn wie ein besoffner Dackel ans Tischbein
ich hatte so einiges verpasst
Sie stand im Raum und heulte zwei Runden
mein Geld blutete aus jetzt ging jede Runde an die andere Ecke
mir fiel der Arsch ein
Ich klopfte auf die Stelle neben mir wo vorher das Kissen gelegen hatte
machte eine einladende Kopfbewegung
Das Sofa staubte es blieb ein schwarzbrauner Kreis und

sie setzte sich
schnäuzte viel in mein Handtuch
Jetzt kam das blessierte Fleisch aus der Ecke
eine verzweifelte Kombination aber er traf mit einer vollen Rechten
Kauf dir Krücken röhrte ich der Kampfrichter zählte ich war wieder bei Laune
was is denn
kaum hatte ich gefragt lag sie auf mir und kotzte mir dieses Gestammel auf die
Ohren übergoss mich mit ihrer Rotze
ningelte mir das Gesicht voll und war immer noch sehr nass
Ich versuchte die gute Decke zwischen mich und sie zu ziehen trocken zu bleiben
sah nichts mehr
Sie erzählte mir das alles und ich streichelte ihren Kopf
konnte ihn so irgendwie
auf meine Schulter drücken und hatte wieder freie Sicht
Der Gong zur neunten
Mein Boxer war am Ende mit Kondition und seinem Blut
es war überall auf ihm und auf dem anderen auf dem Ring und am Ringrichter
die Seile sahen aus wie Absperrbänder und ich wurde langsam nass
die Decke klebte
sie redete
beide waren jetzt im Clinch
ich konnte mich nicht mehr bewegen ließ sie auf mir
liegen wollte nicht taktlos sein
Die Zigarette war zu Ende wollte sie in das Milchglas werfen traf aber nicht
konnte auch nicht sehen wo sie gelandet war

irgendwo hinter dem Tisch
ihre Beine davor die Halle schrie
Der Gegner hatte einen hilflosen Angriff gekontert einen sauberen
Aufwärtshaken platziert genau aufs Kinn
meine Wette
versaut der Kampf wurde abgebrochen
Ich warf sie von mir und löschte mit der Milch den Schwelbrand im Teppich
Scheiße schrie ich
sie greinte
ja es tut so weh
Wir können doch ein Neues machen maulte ich und überlegte was ich
verkaufen könnte
Morgen war Zahltag

Theorie

Das Unerfreuliche zuerst: Der Moment, in dem man erwachsen wird, ist schlimmer, als man denkt. Er funktioniert auch ganz anders, als man sich das immer vorgestellt hat. Hat man sich doch immer so etwas Lässiges gedacht, das über Nacht geschieht und nicht wehtut, das endlos weit von einem entfernt, in einer anderen Welt stattfindet, in einem anderen Leben. Das ist falsch. Richtig ist: Es gibt ein Leben vor dem Erwachsenwerden und eines danach. Und sie haben nichts miteinander zu tun.

Ich kann euch nicht sagen, wie ihr es merken werdet oder wann. Dass der Zeitpunkt kommt, ist sicher. Macht euch auf etwas nicht speziell Schönes gefasst, denn es wird übler als das, wovor euch eure Eltern immer gewarnt haben.

Werde endlich mal erwachsen, es wird wirklich Zeit, dass er mal erwachsen wird, sagen Menschen, die Lichtjahre von einem selber entfernt sind. Das Leben hat ihre Münder nach unten gezogen, hat sie in Kostüme und Anzüge gestaucht, sie klein gemacht, gebrochen, und ihre Träume genommen. Diese Menschen sieht man und denkt: Nie. Nie werde ich so erwachsen wie du, denn das ist der Tod. Denkt man, und dass das eigene Leben kein Ende hat. Nicht dass es unbedingt Spaß machen würde, doch ein Ende hat es eben nicht. Du denkst, dass du noch 1000 Frauen haben wirst, bis die Richtige kommt. Du denkst, dass du alles ausprobieren kannst, in dieser unendlichen Zeit, die du vor dir hast, mal in London leben, mal auf dem Land, mal als Arzt, dann als Professor oder Maler. Du denkst, dass dein Leben ein Spiel sei, wenn auch vielleicht ein beschissenes. Und dass das nicht weiter schlimm ist, weil das richtige Leben erst beginnt, wenn du erwachsen bist. Und das ist 100 Jahre von dir entfernt.

Deine Hosen können so zerrissen sein, wie du willst, deine Haut so schmutzig, dein Haar lila oder grün, glücklich wirst du nicht damit, aber es ist egal, ist nicht ernst. Der Ernst, was ist das schon. Irgendwann später, und du gähnst bei dem Gedanken, wirst du mit einer schönen Frau in einem schönen Haus sitzen. Du wirst irgendetwas Wichtiges machen, weil ein Talent über dich kam. Oder auch nicht, das ist egal, denn du wirst erwachsen sein und wissen, was du tust. Wie du zu deinem sicheren erwachsenen Leben kommen wirst, weißt du nicht. Doch da musst du nicht drüber nachdenken, das ist so weit entfernt.

Dieses ferne Leben ist nichts Erschreckendes. Eher etwas, was dir Ruhe gibt, in panischen Stunden, weil du weißt, dass du jetzt Scheiße bauen kannst, rumhängen kannst, den Tag vertun, das Leben vertun, weil es noch nicht zählt, und weit, weit hinten wartet etwas, das für dich bereitsteht. Das Erwachsensein. In dem es keine Ängste mehr geben wird. Da ist es auch nicht schlimm, dass du dich jetzt manchmal fragst, wozu alles gut ist, dass du jetzt manchmal die Nächte durchweinst, diese warmen, feigen Nächte, weil du das Gefühl hast, dein Leben bleibt hinter den Ideen zurück, die du davon gehabt hast. Irgendwie deckt es sich nicht mit dieser merkwürdigen Sehnsucht.

Du gehst tanzen, du triffst Freunde, du verliebst dich, und alles bleibt ein bisschen schal. Es wird sich richten.

Später. Denkst du. Später wirst du Versicherungen haben, du wirst alleine in teure Hotels reisen, mit deiner funkelnden Kreditkarte bezahlen, und eigentlich wird es sein wie jetzt. Nur besser, weil es dann stimmen wird. Es wird diese großen Gefühle machen, die du dir so wünschst, und von denen du nicht weißt, wie man sie erzeugen kann.

Es wird nicht schlimm, das Erwachsensein. Nie wirst du aufhören zerrissene Hosen zu tragen, nie wirst du dich nicht mehr in Rocksängerinnen verlieben. Alles wird so bleiben, wie es ist, nur dass du dann ein ordentliches Leben hast. Denkst du.

Das Erwachsenwerden kommt nicht über Nacht. Mach dir keine Hoffnungen. Es kommt in kleinen Wellen. Die schwappen ab und zu in dein Leben und jede kleine Welle bringt eine traurige Ahnung mit sich. Die macht dich begreifen, dass dein Leben irgendwann zu Ende sein wird. Begreifen. Gewusst hast du es ja immer, aber auf einmal fühlst du, wie schnell die Zeit vergeht. Ein Jahr ist nichts, zwei Jahre und bin ich das da, auf jenem Bild? So fängt es an, mit dem Erwachsenwerden, und es tut weh, wie Zähne bekommen.

Du merkst auf einen Schlag, dass sich nichts ändert. Du hast den Sinn der Veranstaltung immer noch nicht begriffen, das große Leben hat immer noch nicht begonnen, mit seinen dicken Gefühlen. Aber du hast den Tod erkannt. Und du begreifst, dass dir niemand etwas geben wird, niemand dein tolles Leben machen wird, außer dir selber, doch das ist so verdammt anstrengend, und nicht mehr viel Zeit, wo geht die nur hin? Aus den kleinen Wellen des Begreifens wird eine Sturmflut oder Springflut oder wie die Dinger heißen, die alles überschwemmen, danach wird ein Meer daraus. In dem schwimmst du und begreifst, wie klein du bist, wie nichts. Mit deinem netten Beruf, deiner netten Wohnung, mit deinen freundlichen Freunden, die alle heiraten und Kinder kriegen und dann sterben, und du weißt noch immer nicht, wie es gehen soll. Du wirst nicht viele Leben ausprobieren können, sondern nur das eine, für das du dich nicht einmal richtig entschieden hast, es war halt gerade da.

Und die zerrissenen Hosen kommen in den Müll. Nicht dass sie dir nicht mehr passen, aber irgendetwas stimmt nicht, du könntest gar nicht sagen, was es ist. Vielleicht etwas um die Augen, das macht, dass es nicht mehr der Blick eines Jungen ist. Und sich in Rocksängerinnen zu verlieben fiele dir nicht mehr ein.

Es kommt in kleinen Schüben, irgendwann ist es da. Das Erwachsensein. Du wirst es merken. Verlass dich drauf. Du wirst mit funkelnden Kreditkarten in teure Hotels fahren, du wirst Anzüge tragen und dich wundern, dass alle dich mit SIE anreden, wo du doch innen immer noch 16 bist. Aber keiner sieht es. Habe keine Angst, sei ganz ruhig. Das Erwachsenwerden tut weh, aber es geht vorbei.

Nun zu dem Erfreulichen an der Geschichte: Nach dem Erwachsenwerden kommt nichts Schlimmes mehr. Nur noch das Altwerden.

Aber vielleicht wird es bei dir alles ganz anders sein.

Nacht

Sie waren mit Tausenden aus unterschiedlichen Türen in den Abend geschoben. Es war eng auf den Straßen, zu viele Menschen müde und sich zu dicht, der Himmel war rosa. Die Menschen würden den Himmel ignorieren, den Abend und würden nach Hause gehen. Säßen dann auf der Couch, würden Gurken essen und mit einem kleinen Schmerz den Himmel ansehen, der vom Rosa ins Hellblaue wechseln würde, dann lila, bevor er unterginge. Eine Nacht wie geschaffen, alles hinter sich zu lassen, aber wofür? Sie funktionierten in dem, was ihnen Halt schien, die Menschen in der Stadt, und Halt kennt keine Pausen, Regeln, keine stille Zeit, in der Unbekanntes Raum hätte zu verunsichern mit dummen Fragen.

Das Mädchen und der Junge gingen nicht nach Hause. Sie waren jung, da hat man manchmal noch Mut. Etwas ganz Verrücktes müsste man heute tun, dachten beide unabhängig voneinander, doch das ist kein Wunder, denn bei so vielen Menschen auf der Welt kann es leicht vorkommen, dass sich Gedanken gleichen. Sie gingen auf einen Berg, der die Stadt beschützte. Dort stand ein hoher Aussichtssturm, bis zu den Alpen konnte man schauen und konnte ihnen Namen geben, den Alpen. Die hörten dann darauf, wenn man sie rief. Die beiden kannten sich nicht, wollten auch niemanden kennen in dieser Nacht, stiegen die 400 Stufen zum Aussichtsturm hinauf. Saßen an entgegengesetzten Enden, mürrisch zuerst, dass da noch einer war. So sind die Menschen, Revierverletzung nennt man das. Doch dann vergaßen sie die Anwesenheit und dachten in die Nacht. Vom Fliegen, vom Weggehen und Niemals-Zurückkommen handelten die Gedanken, und ohne dass es ihnen bewusst gewesen wäre, saßen sie bald nebeneinander und sagten die Gedanken laut.

Die Gedanken ähnelten sich, was nicht verwundert, bei so vielen Menschen auf der Welt, und doch ist es wie Schicksal, einen zu treffen, der spricht, was du gerade sagen möchtest. Und die Worte wurden weich, in der Nacht, klare Sätze wichen dem süßen Brei, den Verliebte aus ihren Mündern lassen, um sich darauf zum Schlafen zu legen. Sie hielten sich an der Hand, die ganze Nacht, und wussten nicht, was schöner war. Die Geräusche, die der Wind machte, die Tiere, die sangen, oder der Geruch des anderen. Dabei ist es so einfach, sagte der Junge, man muss nur ab und zu mal nicht nach Hause gehen, sondern in den Wald. Und das Mädchen sagte, wir werden es wieder vergessen, das ist das Schlimme. Alles vergisst man, das einem gut tut, und dann steigt man wieder in die Straßenbahn, morgens, geht ins Büro, nach Hause, fragt sich, wo das Leben bleibt. Und sie saßen immer noch, als der Morgen kam, als die Stadt zu atmen begann. Tausende aus ihren Häusern, die Autos geschäftig geputzt, und die beiden erkannten, dass es das Ende von ihnen wäre, hinunterzugehen ins Leben. Ich wollte, es gäbe nur noch uns, sagte der Junge. Das Mädchen nickte, sie dachte kurz: So soll das sein, und im gleichen Moment verschwand die Welt. Nur noch ein Aussichtsturm, ein Wald, ein paar Berge blieben auf einem kleinen Stern.

O-Ton

Sie haben sich getroffen. (Es war wie ein Stromschlag, er/sie sah aus wie ein Model, ich glaube er/sie ist es.)

O-Ton: Ich, ich, ich könnte die Welt umarmen.

O-Ton die Welt: Oooch, lass mal.

Dann haben sie zusammen geschlafen.
(Boah, bist du schön, ablecken, Hals beißen, auf der Waschmaschine, so toll war es noch nie. Du bist der Beste. Echt? Super Sache.)

O-Ton: Es war noch nie so, irgendwie heilig, so leuchtig, ich meine, das ist es einfach, wie so zwei Zahnräder, Sie verstehen.

Dann waren sie verliebt.
(Schritte ganz leicht, Flügel, nicht mehr allein, Hafen, Fockshot, Paalsteg, tanzende T-Träger, Vöglein, Mama, Papa, du wirst das Loch in meinem Bauch füllen, ich hatte ja so eine böse Kindheit, klar, ich füll das, fang gerade an.)

O-Ton: So war es noch nie. Das ist die große Liebe. Sicher.

Dann sind sie zusammengezogen.

(Gummibaum, kopulieren auf diversen Haushaltsgeräten, Bügeleisen auch, nicht schlafen, nicht essen, weinen, immer Hand in Hand.)

O-Ton: Ich habe vorher nicht gelebt. Dass wir nur ein Zimmer haben ist in Ordnung. Ich will gar nicht allein sein, das ist für die anderen,

Dann haben sie geredet.

(Sie geredet, er ihre Brust angeschaut, sich nichts zu sagen, aber viele Worte.)

O-Ton: So hat mich noch nie einer verstanden. Er/Sie ist wie ich, trallalla.

Dann sind die Hormone nach Hause gegangen.

O-Ton Hormone: Jetzt packen wir mal unseren Rucksack und hauen hier ab. Jau Mann, andere Baustelle.

Dann erkannten sie sich.

(Wenn er sich anders anzöge, was anderes machte, sie dünner wäre, er lustiger wäre, sie die Schnauze halten würde, konnten nix anfangen mit sich, von Freundschaft zu schweigen, irgendwie verachte ich ihn.)

O-Ton: In jeder Beziehung gibt es Krisen, muss man eben dran arbeiten.

Dann arbeiteten sie:

(Lass uns diskutieren, verändern, nörgeln, schimpfen, langweilen, hocken, schweigen, radfahren, einkaufen, glotzen, schweigen, eifersüchtig sein, nicht weggehen lassen, spionieren, Tagebuch lesen, runtermachen, du machst mir das nicht.)

O-Ton: So ist das Leben eben.

Dann haben sie geheiratet.

(Ein Kind gemacht, ein Haus gebaut, mehrere Bäume gepflanzt, Humus verkleckert.)

O-Ton: Muss ja.

Dann sind sie fremdgegangen.

(Junges Fleisch, anders Fleisch, konsumieren, ist doch egal was.)

O-Ton: Wir haben eine offene Ehe.

Dann hatten sie eine offene Ehe.

(Der Eiter tropft raus.)

O-Ton Eiter: Ich tropf da jetzt raus.

Dann sind sie zusammengeblieben.

(Angst vor einsam, vor leben, vor sich trauen, nee, Ehe ist ja kein Spaß, nicht, und jetzt, wo das Kind da ist.)

O-Ton: Muss ja.

Dann sind sie gestorben.

(Sie vor ihm, lag da ne Weile, na und.)

O-Ton Gott: Dreckzeug.

Hauptsache weit

Und weg, hatte er gedacht. Die Schule war zu Ende, das Leben noch nicht, hatte noch nicht begonnen, das Leben. Er hatte nicht viel Angst davor, weil er noch keine Enttäuschung kannte. Er war ein schöner Junge mit langen dunklen Haaren, er spielte Gitarre, komponierte am Computer und dachte, irgendwie werde ich wohl später nach London gehen, was Kreatives machen. Aber das war später.

Und nun?

Warum kommt der Spaß nicht? Der Junge hockt in einem Zimmer, das Zimmer ist grün, wegen der Neonleuchte, es hat kein Fenster und der Ventilator ist sehr laut. Schatten huschen über den Betonboden, das Glück ist das nicht, eine Wolldecke auf dem Bett, auf der schon einige Kriege ausgetragen wurden. Magen gegen Tom Yan, Darm gegen Curry. Immer verloren, die Eingeweide. Der Junge ist 18, und jetzt aber Asien hatte er sich gedacht. Mit 1000 Dollar durch Thailand, Indien, Kambodscha, drei Monate unterwegs, und dann wieder heim, nach Deutschland. Das ist so eng, so langweilig, jetzt was erleben und vielleicht nie zurück. Hast du keine Angst, hatten die blassen Freunde zu Hause gefragt, so ganz alleine? Nein, hatte er geantwortet, man lernt ja so viele Leute kennen unterwegs. Bis jetzt hatte er hauptsächlich Mädchen kennen gelernt, nett waren die schon, wenn man Leute mag, die einen bei jedem Satz anfassen. Mädchen, die aussahen wie dreißig und doch so alt waren wie er, seit Monaten unterwegs, die Mädchen, da werden sie komisch. Übermorgen würde er in Laos sein, da mag er jetzt gar nicht dran denken, in seinem hässlichen Pensionszimmer, muss Obacht geben, dass er sich nicht aufs Bett wirft und weint, auf die Decke, wo schon die anderen Dinge drauf sind. In dem kleinen Fernseher kommen nur Leute vor, die ihm völlig fremd sind, das ist das Zeichen, dass man einsam ist, wenn man die Fernsehstars eines Landes nicht kennt und die eigenen keine Bedeutung haben. Der Junge sehnt sich nach Stefan Raab, nach Harald Schmidt und Echt. Er merkt weiter, dass er gar nicht existiert, wenn es nichts hat, was er kennt. Wenn er keine Zeitung in seiner Sprache kaufen kann, keine Klatschgeschichten über einheimische Prominente lesen, wenn keiner anruft und fragt, wie es ihm geht. Dann gibt es ihn nicht. Denkt er. Und ist unterdessen aus seinem heißen Zimmer in die heiße Nacht gegangen, hat fremdes Essen vor sich, von einer fremdsprachigen Serviererin gebracht, die sich nicht für ihn interessiert, wie niemand hier. Das ist wie tot sein, denkt der Junge. Weit weg von zu Hause, um anderen beim Leben zuzusehen, könnte man umfallen und sterben in der tropischen Nacht und niemand würde weinen darum. Jetzt weint er doch, denkt an die lange Zeit, die er noch rumbekommen muss, alleine in heißen Ländern mit seinem Rucksack, und das stimmt so gar nicht mit den Bildern überein, die er zu Hause von sich hatte. Wie er entspannt mit Wasserbüffeln spielen wollte, in Straßencafés sitzen und cool sein. Was ist, ist einer mit Sonnenbrand und Heimweh nach den Stars zu Hause, die sind wie ein Geländer zum Festhalten. Er geht durch die Nacht, selbst die Tiere reden ausländisch, und dann sieht er etwas, sein Herz schlägt schneller. Ein Computer, ein Internet-Café. Und er setzt sich, schaltet den Computer an, liest seine E-Mails. Kleine Sätze von seinen Freunden, und denen antwortet er, dass es ihm gut gehe und alles großartig ist, und er schreibt und schreibt und es ist auf einmal völlig egal, dass zu seinen Füßen ausländische Insekten so groß wie Meerkatzen herumlaufen, dass das fremde Essen im Magen drückt. Er schreibt seinen Freunden über die kleinen Katastrophen und die fremde Welt um ihn verschwimmt, er ist nicht mehr allein, taucht in den Bildschirm ein, der ist wie ein weiches Bett, er denkt an Bill Gates und Fred Apple, er schickt ein Mail an Sat 1, und für ein paar Stunden ist er wieder am Leben, in der heißen Nacht weit weg von zu Hause.

Hinterher

Seit sie zu Bett gegangen ist, sitze ich hier. Das Zimmer in der Dunkelheit scheint wie ein Boot, und das Meer darum ist vor dem Fenster. Kalt.

Wie schön sie ist im Schlaf. Nichts Hartes da, die kleine Linie zwischen den Augenbrauen, die zarten Ringe am Hals, die einzigen Merkmale, dass sie ein Mensch ist und vergänglich, nicht zu sehen.

Ihre Wimpern würden lange Schatten werfen, wäre Licht im Raum. Ist aber nicht, nur einige Streifen Hell fallen durch die Jalousien, Neonlicht von der Straße, von den Autos, die im Sekundenabstand durch die Nacht fahren. Wohin wollen sie nur, die Leute in der Nacht, in der Großstadt, die keine Ruhe gibt, wohin nur.

Sie schläft und hört die Autos nicht, die unzufriedenen Geräusche nicht, draußen in der Nacht.

So bedauernswert, die Stadt. Besonders jetzt, im Winter.

Da die Menschen durch leere Straßen laufen, keine Bäume, kein Grün, nur Mauern, mit Urin dran und Hundekot davor, da irren sie die Menschen und suchen etwas Warmes. Dann stehen sie in Bars und Kneipen, suchen und suchen und finden nichts, es ist kalt und sie trinken, da wird es kurz warm, dann gehen sie heim, in der Stadt, alleine, und der Morgen lässt auf sich warten, käme doch nur das Licht. Doch wenn es kommt, bemerken sie es schon nicht mehr, denn dann funktionieren sie. Im Takt einer Uhr, die sie erfunden haben. Gehen in ihre Büros, in die Lehre, ins Studium, und wissen alle nicht warum. Das macht sie unglücklich, bis die Nacht kommt, dann wollen sie endlich leben. Das wird auch nichts. So sitzen sie in ihren Autos, es ist vier Uhr und sie geben keine Ruhe. Das kann doch nicht alles sein.

Sie schläft und hört es nicht. Sie gewöhnen sich an alles, die Leute, sogar daran zu schlafen, während zehn Meter neben ihnen ein Verkehr tobt wie an einer gut befahrenen Startbahn.

Ihre Haut schimmert, das wenige Licht nimmt sich die kleinen Haare vor, die auf ihr befestigt sind, wenn ich doch das Licht auf ihrem Körper sein könnte. Ich liebe sie in einer Art, wie es mir noch nie passiert ist. Ich bin schon in einem rechten Alter, also 36, da könnte man meinen, so einer hätte schon mehrfach Liebe erlebt.

Doch die wirkliche Liebe gibt es gar nicht, oder höchstens einmal, und das eine Mal liegt vor mir und schläft. Wie fast alle, die ich kenne, habe ich Grund zur Angst vor der Liebe. Der wirklichen. Habe sie gemieden, nie gesucht, war immer mit weniger zufrieden, weniger tut nie weh, denn Menschen verletzen, Menschen gehen aus unersichtlichen Gründen. Weil es woanders schöner scheint, jünger oder einfacher, sie sind alle am Suchen, die Menschen, am Weglaufen, Vorbeilaufen, fliegen und fahren an immer neue Orte, um nichts zu verpassen.

Es war schmerzhaft, als ich sie traf, als ihre Person wie ein scharfer Gegenstand durch alle meine inneren Schichten drang. Dahin, wo man nur noch alleine wohnt in sich und darum einen Wall errichtet hat, der einem ermöglicht weiterzuleben, wenn Menschen gehen, hat doch jeder, ist doch normal, keiner vertraut mehr einem Menschen, wo es Computer hat.

Dahinein ist sie gefahren, und warum kann ich nur raten.

Wer kann schon mehr als vermuten, was wahre Liebe meint. Vielleicht heißt es, intuitiv eine Person wahrzunehmen, alles an ihr zu bewundern. Vielleicht heißt es, für jemanden seinen Fuß geben zu wollen, nichts an einem anderen Menschen zu sehen, was einem zuwider ist, und vor allem zu wissen, dass diese Liebe auch nicht mit dem Tod enden wird.

Ich kann nur sagen, dass dieses Gefühl nichts mit dem Zustand des Verknalltseins zu tun hat, den wir alle hundertmal erleben. Diese Projektionen und Wünsche und Hoffnungen, ausgelöst durch eine uns körperlich attraktiv erscheinende Person. Das ist keine Liebe. Ich weiß nicht, ob es beneidenswert ist, wenn man sie kennen lernt, die Liebe, man muss stark sein dafür, sonst bringt sie einen um, wie zu viel Heroin. Die wirkliche Liebe macht, dass man sich auflöst. Warum das so ist, kann ich nicht sagen, aber vielleicht hat es damit zu tun, dass wir einer geliebten Person gegenüber verstehen, wie wenig wir sind.

Sie dreht sich auf die Seite. Sie leuchtet.

Nie wollte ich mit ihr in einer Wohnung wohnen, nie wollte ich Kinder von ihr. Ich wollte, glaube ich, etwas Größeres, aber dazu sind Menschen nicht geschaffen. Wollte ein Teil von ihr sein, dem sie vertraut, mehr als sich selber. Ich wollte für sie da sein. Mein Leben für sie geben. Einmal in der Woche mit ihr zu reden, sie alle Monate einmal zu sehen hätte mir genügt.

Sie sollte mein Mensch sein. Und nun liegt sie hier, schläft, und die Unruhe der Nacht vor dem Fenster geht in die Nervosität des Morgens über. Es klingt anders. Gereizter. Die Nachtgeräusche waren eher unglücklich. Als ob die Stadt weinen würde und stöhnen, nun beginnt sie um sich zu schlagen. Sie will diese Menschenmassen nicht tragen auf ihrem Asphalt. Die traurigen Menschen, die in der Nacht nichts gefunden haben, das sie leuchten ließe, und nun übermüdet ihren Beschäftigungen nachgehen. Nicht vergessen können, dass ihr Leben zu schnell zu Ende sein wird, und sie immer noch nichts gefunden haben werden, was es zu etwas Sinvollem macht. Sie gehen zur U-Bahn, sie fahren in kalten Autos. Und sie, sie liegt da und schläft.

Das Licht von draußen ist jetzt nicht mehr weiß, sondern gelb, ihr Gesicht sieht aus wie das einer Toten, aber das ist nur ein Wunsch und ich schäme mich dafür. Ich gehe vom Bett weg, in eine Ecke des Raumes, damit sie mich nicht sieht, wenn sie erwacht. Denn nun beginnen ihre Lider unruhig zu werden. Jemanden so zu lieben heißt, man möchte ihn behüten, möchte, dass ihm nichts Böses widerfährt. Ich möchte sie in ein anderes Leben bringen können. Raus aus dieser Stadt, die ihr nicht gut tut, in der sie lebt, weil sie Angst hat, alt zu werden. Sie denkt, hier wäre der Mittelpunkt der Welt, die tausend Bars, Kinos und Theater, alle diese Orte, die verhindern sollen, dass die Menschen wahnsinnig werden über der Hässlichkeit, die sie umgibt, wären das Leben, alles zu sehen wäre Leben, ruhelos umherzurennen, um nichts zu versäumen, wäre Leben und Intensität. Ich glaube, mehr als eine Information pro Tag kann keiner verkraften.

Über so viel muss man heute nachdenken. Über die kaputte Natur, die kranken Tiere, die Kriege, die abstürzenden Flugzeuge, über das Internet, neue Medien, Reality Shows, Sex, Kindesmissbrauch, Krebs und Aids, Völkerhass und Völkermord, neue Musik, neue Bücher, neue Filme und Sprachen und Reisen, ja oder nein, wer ist der Feind, was will ich in meinem Leben, will ich aussteigen, Esoteriker werden, will ich nach Bangladesh gehen, die Menschen füttern, oder nach Goa, nackig Drogen nehmen, heiraten und Kinder oder Single und Karriere, und wozu das alles.

Sie erwacht. Ich denke an den Tag, als wir uns trafen. Sie an mir vorüberlief in einer fremden Stadt, in einer, wo man die Berge sah und blauen Himmel, in einer heiteren Stadt, in der ich in einem Café saß und sie sah, mir schlecht wurde vor Verlangen nach etwas, wozu ich kein Wort fand. Ich bin ihr gefolgt, damals schon, habe sie angesprochen, wir haben etwas getrunken und nichts gegessen, die Nacht durch geredet, und nach einer Woche haben wir das erste Mal beieinander gelegen, uns gehalten und wollten sterben. Nicht so ein Filmkitsch war das, sondern der tiefe Wunsch, zusammen an einen anderen Ort zu gehen, weil wir ahnten, dass Liebe in dieser Welt keine Chance hat, was nicht an der Welt liegt, sondern an der Zeit und was sie aus uns gemacht hat. Wir wussten, dass die Zeit alles trennt, was sich liebt, und wollten sterben darum. Doch haben weitergelebt. Ein paar Monate. Die mir gezeigt haben, was Leben sein kann. Atemlos, und wie schnell das Herz zu schlagen bereit ist, wie viel man lachen kann, dass man alles sehen kann, um sich, als wäre es das erste Mal.

Dann wollte sie zurück in ihre Stadt und ich bin ihr gefolgt, schon wieder gefolgt, war dann in dieser Stadt, in ihrer Wohnung, und der Zauber ließ nach. Keine Liebe überlebt in so einer Stadt.

Sie erwacht und sieht sich um, sieht mich nicht. Ich spüre die Tränen, die sie unterdrückt, wo sie doch gar nicht zu sagen wüsste, woher diese große Traurigkeit kommt, schon beim Aufstehen. Ich könnte es ihr sagen. Es ist die Erkenntnis, dass es ein Tag wird wie jeder andere. Ein Tag weniger Lebenszeit, nicht genutzt, nicht genossen. Nichts Schönes, Wahres wird sie erleben, wird sich zufrieden geben mit dem Lächeln ihres Gemüsehändlers, um sich zu sagen, diese kleinen, menschlichen Momente sind es, warum ich gerne lebe. Scheißdreck.

Sie zieht sich an, was zieht sie an, die alte Cordhose, die ich so liebe, weil ich sie darin sehe, wie sie am Boden lag und gelacht hat, mit mir, und den Pullover. Zieh doch nicht diesen Pullover an, der kratzt doch, du wirst dich unwohl fühlen, mein Engel. Doch sie zieht ihn an, die Bergschuhe, den Schal, die viel zu dünne Jacke und verlässt die Wohnung. Ich werde ihr nachgehen, natürlich werde ich ihr nachgehen wie immer. Laufe in einem guten Abstand hinter ihr, möchte jeden schlagen, der sie anstößt, anschaut, tue es nicht, ich folge ihr nur.

Über ihre Arbeit gibt es nicht viel zu sagen. Sie arbeitet schon viel zu lange bei einer Zeitschrift, träumt schon viel zu lange davon, ein Buch zu schreiben, und weiß doch nicht, wie es gehen soll, hat doch Angst wie alle. Sie sitzt an ihrem Schreibtisch und denkt über Geschichten nach, über fremde Leben, kaum ein Journalist, der aus der Sache heil rauskommt. Wie Aasfresser von anderen Leben zu leben macht sie zu Säufern oder Zynikern, meist beides. Und böse. Das ist sie noch nicht geworden, sie ist mein und nicht böse. In der Mittagspause geht sie in einen Laden, holt sich irgendeinen Mist zum Essen. Ist das wirklich das Leben, das du wolltest, meine Liebe? Ist es das?

Nach vier Monaten hat sie mich weggeschickt. Wir lagen in ihrem Bett, der Verkehr rauschte vorbei und ich war so müde von der Stadt, zu sehen, was sie mit ihr macht. Wie sie immer farbloser wurde und trauriger, wie sie von dem, was ich in ihr sah, zu irgendeinem Mädchen wurde, das gehetzt durch die Großtadt jagte, zu sehen, wie unsere Liebe zerfressen wurde von den Autoabgasen, von den Ausdünstungen des Unglücks der Menschen hier. So müde wurde ich und hielt sie doch fest, wie flüssiges Gold, alle Körperteile auf einmal, weil ich Angst hatte, dass sie mir durch die Finger rinnen würde, dass sich das, was ich liebte, verlor in Schichten, die nicht zu ihr gehörten, die das Leben von außen auf sie legte. Sie sah mich an, wir küssten uns und ich wollte in ihr sein. Nie habe ich an Ficken gedacht oder Sex oder lass uns miteinander schlafen. Immer war es ein Hunger auf ihre Nähe. Ich wollte mit meinem Körper in sie fließen, ein Teil werden von ihr, und dann war es so, für einen kleinen Moment. Danach weinten wir immer, weil der Moment zu Ende ging und wir wussten, dass wir wieder Einzelpersonen würden, die sich fern wären in verschiedenen Köpfen. Der Hunger nie gestillt würde, weil wir doch nur Menschen waren. Und das ist zu etwas Großem zu wenig.

Ich glaube, es ist jetzt zu Ende. Sagte sie und ihr Kopf lag auf meiner Brust. Ich kann so nicht mehr leben. Es ist zu anstrengend, zu nah, zu eng, du willst zu viel, ich kann es dir nicht geben. Ich liebe dich, aber die Liebe macht, dass ich mir selber fremd bin. Wir sollten uns jetzt trennen, nachdem wir die wahre Liebe gesehen haben, jetzt, ehe sie normal wird. Auf dem Höhepunkt sollten wir es beenden und uns nie wieder sehen. Ich glaubte ihr kein Wort. Ich lachte. Dann sah ich sie an und merkte, dass sie glaubte, was sie sagte. Und ich erfror.

Jetzt muss ich los, sie hat Feierabend, sie geht, geht nicht nach Hause. Sie läuft schnell, den Kragen der Jacke hochgezogen, als ob das etwas ändern würde, du Dumme. Dann betritt sie ein Restaurant. Eines wie so viele in der Stadt, eines, das die Sehnsucht der Menschen nährt, mit fremdländischer Musik und Gerüchen und Bildern von Stränden an der Wand. Ich verstehe in dieser Stadt sogar, dass Menschen von einsamen Inseln träumen. Die Leute hier wollen alle weg, am liebsten sterben, aber das ist ihnen nicht klar.

Mein Mädchen setzt sich und nach ein paar Minuten kommt ein Mann zu ihr. Ein Mann, irgendeiner, egal alle, die nicht ich sind, ich weiß, dass sie nie mehr die wahre Liebe finden wird, und das macht mich ruhig.

Er küsst ihr die Innenflächen der Hände, sie küsst ihm die Augenlider. So wie wir es getan haben, früher. Ich sitze ein wenig abseits und möchte weinen. Aber das geht natürlich nicht. Sie lachen aufgeregt, sie nimmt sein Haar in den Mund, dann höre ich sie sagen: Ich will keinen anderen mehr, nie mehr, hörst du. Und er sagt: Du bist wie ich, wir sind uns so ähnlich. Weißt du, dass ich einen Fuß für dich geben würde? Sie essen nichts. Wir haben damals auch nichts gegessen. Nie. Wir sind dünn geworden und nervös, haben nichts gegessen. Sie essen nichts, schauen sich an, dann setzt sie sich ihm auf den Schoß, dann kommt die Kellnerin und ruft sie zur Ordnung, wie uns damals. Sie sieht ihn an wie mich damals, unter dem Tisch nimmt sie seinen Schwanz in die Hand, wie meinen damals, ihre Hand in meiner Hose, so sind wir spazieren gegangen und haben gelächelt über unser Geheimnis. Nimm doch die Hand aus seiner Hose. Doch sie lächeln sich an, dann steht sie auf und geht zur Toilette, er folgt ihr, und ich weiß, was sie tun, ich kann es nicht glauben und kann nicht gehen. Muss warten, bis sie zurückkommen. Nach zehn Minuten, sie lächeln und gehen, fast als seien sie eine Person.

Damals, als sie mich fortgeschickt hat, habe ich es nicht glauben können. Es war nicht fassbar mit dem, was Menschen in ihrem Kopf haben. Es war für mich das Ende meines bisherigen Lebens. Ich taumelte auf der Straße, stieß gegen Menschen, fiel hin, stand auf, fiel wieder hin, irgendetwas war kaputt. Es war mein Wille zum Leben, zum Aufstehen und Weiterleben. So oft hatte der Instinkt gesiegt und ich war aufgestanden, hatte vergessen, es war eben nur ein weiterer Sprung in mir, geklebt und geflickt, das würde schon wieder.

Doch als sie mich weggeschickt hatte, war mir klar, dass es nicht mehr weitergehen konnte. Weil ich zu viel Sprünge hatte. Ich dachte bei jedem Schritt an uns. An unsere Gespräche, die gewesen waren, als redete ich mit mir, so schnell bin ich geworden im Kopf durch sie, mein Leben nicht mehr traurig, nicht mehr leer, weil ich nicht mehr allein war. Ich dachte, wie wir gelacht hatten, bis auf die Momente, wo wir geschwiegen hatten vor Angst, weil alles zu nah war, zu viel, und wir nicht wussten, was man mit so einer Liebe macht. Es hatte uns keiner gezeigt. Was wir sahen um uns, waren Beziehungen. Gepflegte müde Kompromisse ohne Leidenschaft. Ein Eingerichtet-Sein in die Unmöglichkeit wahrer Nähe, das sahen wir um uns, das machte uns stumm manchmal und ängstlich.

Jetzt stehen die beiden auf, sie lächeln sich an und gehen in die Dunkelheit.

Damals war ich in eine Pension gegangen. Hatte mich auf das Bett gelegt und es nicht glauben können. Tagelang, jede Nacht, lag ich mit offenen Augen auf dem Bett und dachte an den Ort, an den ich sie bringen wollte. Ein kleines Dorf in den Bergen, der See zwischen Palmen und eine Wiese vor dem Haus. Dort wollte ich sie gesund werden sehen. Ich wollte Tiere haben auf der Wiese und sie sollte lernen, barfuß zu laufen.

Die beiden gehen durch die Nacht, sie schwanken, bleiben immer wieder stehen, um sich zu küssen, mit etwas im Blick, das Hunger ist, das mir bekannt vorkommt.

Sie lachen.

Damals, am sechsten Tag, oder war es die sechste Nacht, es war dunkel, weil die Rolläden geschlossen waren und die Zigaretten alle, da bin ich aufgestanden, gegen den Tisch gefallen, zum Waschbecken gegangen, habe das Zahnputzglas zerschlagen, mir zwei Schnitte an den Innenarmen gesetzt und mich wieder hingelegt, gewartet, bis alles Blut aus mir gelaufen war, dann bin ich gestorben.

Bei meiner Beerdigung waren zwei Männer. Einer hat mich getragen. Der andere ein Loch gegraben. Sie ist nicht gekommen.

Nun stehe ich hier. Die Großtadt wird wieder traurig, kein Mond zu sehen hinter hohen Häusern. Wie er mein Mädchen hält, ganz fest, als gehörte sie ihm, und sie lächelt ihn an, als würde sie Liebe empfinden, reibt ihren Kopf an seiner Brust. Und ich stehe hier, und wenn doch nur ein Mond zu sehen wäre.

Von Wölfen und Herren

Die Vorgeschichte

Mein Name ist Pascal. Ich war 32 und fand seit einigen Monaten keinen Schlaf. Es war nicht so, dass ich abends ermattet zu Bett sank und mich in Folge üble Gedanken vom Einschlafen abhielten. Vielmehr war ich unter Tags so müde, dass ich mich die gesamte Vor-Bett-Zeit in einer Art Dämmerbeleuchtung befand und mein Körper daraufhin in der Nacht wohl keine große Veranlassung für einen ordentlichen Schlaf sah.

Ich lag dann also zu Bett und war so erschöpft, dass ich die Augen nicht schließen konnte, weil es einer Anstrengung bedurft hätte, zu der ich mich außerstande sah.

Am Morgen hätte ich schon bei dem Gedanken an den Weg ins Badezimmer das Schreien beginnen mögen, wäre ich nicht zu müde gewesen für solche Gefühlsausbrüche.

Die Müdigkeit hatte sich wie eine dicke, gallertartige Schicht über mich gelegt. Ich stellte sie mir vor wie dieses Zeug, das man zum Abdichten von Fenstern und Rohren verwendet, ein schweres, glibbriges Material, das machte, dass ich mich kaum bewegen konnte und Töne nur sehr gedämpft in mein Ohr drangen. Töne sind mir egal. Das am Rande.

Ich bewegte mich äußerst konzentriert und langsam. Denn der Tag ist voller Gefahren für einen, der müde ist. Man könnte über kleinere Tiere stolpern, aus Versehen auf Hochspannungsleitungen laufen, weil man sie mit dem Eingang in die Tiefgarage verwechselt, solche Dinge können einem passieren, der seine Sinne nicht beieinander hat.

Am Abend ließ ich nichts unversucht um Schlaf zu finden: Heiße Milch, Körperertüchtigung, Schlaftabletten, Marihuana, Liebesakte, langweilige Bücher, sechsstündige ARTE-Dokumentarfilme über Stadtschreiber im Piemont oder Freskenmalerei. Doch alles führte nur dazu, dass die Müdigkeit dermaßen verstärkt wurde, dass die Gliedmaßen anfingen, ein merkwürdiges Eigenleben zu führen, so wie manche Tote, die durch Insektenscharen unter ihrer Haut bewegt werden.

Diese Zeit der ununterbrochenen Müdigkeit betrachte ich heute als eine Art emotionaler Sollbruchstelle in meinem sonst sehr ausgeglichenen Gefühlshaushalt. Ich meine damit, dass ich eigentlich jemand bin, der nicht viel über Dinge nachdenkt, die nicht fassbar sind, und dass in dem feinen Gleichgewicht, das mich zusammenhält, auf einmal ein Loch entstanden war, das mich verletzbar machte und unzufrieden.

Vor einer Woche befand ich mich zwischen zwei Meetings. Beide waren mir egal, denn ich stand meinem Beruf mit einer Gleichgültigkeit nahe kommenden Nonchalance gegenüber.

Ich hatte mit 23 eine Computer-Firma gegründet, deren Sinn mir zu diesem Zeitpunkt nicht mehr einsichtig erschien. Ich hatte seit fast 10 Jahren täglich an die 16 Stunden gearbeitet, mein Unternehmen war an der Börse, und irgendwie bewegte ich mich seit Monaten in einer Art Vakuum, in dem mich nichts mehr erreichte.

Als ich jung war, hatte mich auch nicht interessiert, was ich tat, doch war ich von einem Feuer erfüllt, das etwas wollte. Ich vermutete auf Grund meiner Unerfahrenheit, dass ich nach Macht strebte und Erfolg. Ich umgab mich ausschließlich mit Männern, die gute Anzüge trugen, gepflegte Autos fuhren, die Erfolg hatten, und deren ständig wechselnde blonde Begleiterinnen immer ein wenig zu hoch sprachen oder lachten, deren Röcke immer zu kurz waren. Ich machte keine Ausnahme, kann aber festhalten, dass mit der Sorte Frauen, mit der ich mich abgab, wirklich kein Land zu gewinnen war. Zehn Jahre lang habe ich für meinen Erfolg gebrannt, habe den Luxus genossen, den ich mir erarbeitet hatte, aber nun war ich definitiv an einem Punkt, an dem es nicht weiterging. Meine Müdigkeit gab selbst mir zu denken, denn aus ihr erwuchs allmählich eine Art Verzweiflung. Keine aufregende Sache. Es war nicht so, dass ich permanent mit dem Kopf gegen die Tür schlagen und brüllen mochte: Jehova, bin ich was verzweifelt. Es handelte sich eher um ein leises Gefühl, so, als sei ich als Kind alleine an einem Bahnhof in einer fremden Stadt und meine Eltern wären nicht gekommen, um mich abzuholen. Besser kann ich es nicht ausdrücken. Ich bin in meinen Kreisen nicht unbedingt für blumige Reden bekannt.

Zurück zu dem Zufall, der mich zwischen zwei Meetings in der Herrentoilette sitzen ließ. Zu meinen Füßen lag die Zeitschrift »Körper Geist Seele«. Keine Ahnung, wer in meiner Firma so etwas liest, aber er tat es heimlich auf der Toilette, und so begann die Geschichte, mit der Zeitung auf den dunklen Marmorplatten des WCs. Während ich also erschöpft auf der Toilette saß, blätterte ich in dem Heftchen.

»Entdecke den Wolf in dir. Ein Angebot für Männer, die wieder zu Männern werden wollen. Erlebe dich und deine Ursprünglichkeit neu auf einer Robinsoninsel. Kleine Gruppen. Therapeut vor Ort. Abenteuer. Wildnis. Befreiung.«

Das stand in der Abteilung Kleinanzeigen, zwischen Trommelkursen für Totaloperierte und afrikanischen Fruchtbarkeitstänzen für Wechseljahrpatientinnen. Wie es dazu kam, dass ich das Heft in meine Aktentasche steckte, kann ich wie gesagt nur mit meiner angeschlagenen Verfassung erklären. Nachdem das Heft eine Woche zwischen meinen Couchtischbüchern Architektur von Mark Hampton, The End of the Game von Peter Beard und The Wallpaper (Jahresausgaben 1999–2001) lag und dort wirkte, als hätte ein schmutziger Hund sein Geschäft auf dem schwarzen Granit der Tischplatte verrichtet, nahm ich es eines Abends wieder zur Hand. Nach einer Weile wählte ich ohne nachzudenken die Nummer am Ende der Anzeige mit den Wölfen.

Erster Teil Zu meiner Überraschung meldete sich eine sehr dynamische Männerstimme. Ich hätte, wenn ich überhaupt einen Gedanken daran verschwendet hätte, jemanden erwartet, der mit leichtem Falsett sagt: Hey du, das ist aber crazy, dass du anrufst, usw. In dem Fall hätte ich vermutlich sofort wieder aufgelegt. Die Stimme klang aber, wie gesagt, männlich, intelligent und sehr klar. Der Mann erzählte mir, dass er eine Art Survival Training für Männer in Krisensituationen anbot. Manchmal wären es nur zwei Teilnehmer, mit denen er auf eine unbewohnte Insel in der Andeman See stechen würde, mitten in Myanmar, dem früheren Burma. Was genau auf der Insel passieren würde, erzählte er mir nicht, nur, dass seine Erfolgsstatistik bei fünfzig Prozent läge. Die Hälfte zufrieden, dachte ich mir, das ist besser als nichts. Vor allem besser als mein momentaner Zustand. Um es kurz zu machen: Ich reservierte mir einen Platz. Die Abfahrt sollte bereits eine Woche nach meinem Gespräch stattfinden. Wir verabredeten, dass mich der Mann, sein Name war Kurt, in Thailand abholen würde, wenn er die Zahlung auf seinem Konto innerhalb der nächsten vier Tage verzeichnen würde. Direkt nach dem Telefonat überwies ich den Betrag online.

Die Woche bis zur Abfahrt verbrachte ich im üblichen Halbschlaf, ich kann daher nichts Interessantes über diese Zeit berichten. Ich dachte nicht darüber nach, was mich auf diesem Psychourlaub erwarten würde. Ich hatte keine Angst, wusste ich doch, dass es mit einer Platin Amex von überall auf der Welt schnelle Rückreisemöglichkeiten gab.

Zweiter Teil In Ranong, im Süden Thailands, hatte Kurt gewartet. In einem Hotel, das aussah wie ein Lazarett im Vietnamkrieg. Er hatte einen Jeep dabei, eine Asiatin, einen besonders kräftigen Händedruck und unglaublich zufriedene Füße. Solche Fixe-Idee-Füße, die man irgendwann hasst und sie mit Steinen stilllegen muss. Muss. Wir waren auf ein Luftkissenarmeeboot gesprungen, zur Grenze nach Burma gefahren, das jetzt Twix heißt, hatten Pässe gegen einen Dolmetscher getauscht und dann aufs Meer. Walkman, Techno und leere Inseln. So aus der Mode das, dass es schon wieder geht, dass man schon wieder Techno hören kann zum Inselschauen.

Kurt war früher Therapeut. Er sagte: Ich war früher einer von diesen handgestrickten Psychoheinis. Heute sehe ich mich eher als eine Art therapeutischen Tourismusunternehmer, der verzweifelte Europäer und Amis zum Kicktauchen in die sozialistische Militärdiktatur bringt. Danach verlängern viele noch eine Woche zum Motorradfahren zwischen den Minenfeldern Kambodschas. Die eigene Langweile vergessen, durch Adrenalin, das man beim Betrachten erbärmlicher Leben endlich mal wieder ausstoßen darf. Das sagte er und ich schwöre: Kurt war mir von der ersten Sekunde an grauenhaft unsympathisch. Drei Stunden später legten wir im flachen Wasser des Inselufers an. Da es bereits dunkel war, sah ich von dem Eiland nur Schatten und mehrere Feuer. Auf der Insel erwartete uns Thorsten, der zweite Teilnehmer der Exkursion. Ein Mann Ende zwanzig, der seit zehn Jahren als DJ arbeitete und, wie er sagte, so was von ausgebrannt war. Mir sollte es recht sein.

Thorsten sah aus wie einer, der in seiner Jugend nicht recht in die Höhe schießen durfte. Er wirkte wie ein kleines, dickliches Baby. Ich muss sagen, auch gegen ihn fasste ich sofort eine fast körperliche Antipathie. Seine Stimme klang selbstmitleidig, in seinem Blick war etwas Verschlagenes.

Wir saßen zu dritt am Feuer, tranken Whiskey, schwitzten und räusperten uns von Zeit zu Zeit. Morgen, sagte Kurt in jener ersten Nacht am Lagerfeuer, werdet ihr euer altes Ich in ein Boot setzen und es in die Weite schicken. Ihr müsst euch neu erfinden. Mehr an Gespräch ergab sich nicht am ersten Abend, aber der Satz war auch schon mal was. In der Dunkelheit führte uns Kurt zu unseren Zelten, und ich wäre überrascht gewesen, hätte ich mich auf der dünnen Isomatte, zugedeckt mit meinem Schweiß, beobachten können. Konnte ich jedoch nicht, denn ich war unverzüglich eingeschlafen.

Dritter Teil Als ich erwachte, war ich so dankbar für den Schlaf, dass ich völlig vergaß, wo ich mich befand. Ich kroch aus dem Zelt, um erstaunt zu beobachten, wie Kurt und Thorsten nackt am Strand herumsprangen und sich imaginäre Blumenkränze zuzuwerfen schienen. Ich trank erst mal einen Kaffe und dachte, mein lieber Mann, da springen die also mit nacktem Gemächt im

Sand herum, lassen wir die Sache mal besser ruhig angehen.

Die Nacktheit, erklärte Kurt später, sei ein wichtiger Bestandteil der Heilung. Also saßen wir etwas später nackt im Busch und sprachen über unsere Probleme. Ich kann nur sagen, es ist nicht leicht, über seine Probleme zu reden, während einem zwei nackte Männer gegenübersitzen und man nichts als Haut und Genitalien im Gesichtsfeld zu haben scheint.

Thorstens Problem war, dass er immerzu ficken musste, sonst ging es ihm nicht gut. Und wenn er dann so sagen wir fünf mal am Tag gefickt oder onaniert hatte, ging es ihm auch nicht gut.

Über mein Problem sprach ich nicht viel, wegen den nackten Männern, aber auch, weil mir nicht recht klar war, was für ein Problem ich überhaupt hatte. So sagte ich nur, dass ich mich müde und erloschen fühlte, und die beiden Männer fragten nicht weiter nach.

Während des restlichen Tages machten wir Spiele. Wir gingen in den Dschungel, um Holz zu schlagen, und nahmen dabei die Rolle unseres Vaters ein. Also entweder waren wir der Vater oder das Holz, auf das wir eindroschen. Thorsten schaffte sich so in seine Aufgaben, dass mir fast ein wenig angst um ihn wurde. Nackt und spitz schreiend rannte er ins Unterholz. Das hätte vermutlich schon bei einem bekleideten Mann merkwürdig gewirkt.

Sehr abstoßend an Thorsten war, dass er sich, wie unter Zwang, andauernd körperlich entäußern musste. Er rülpste, weinte, schniefte und ließ Winde fahren. Das nur nebenbei. Zum Glück vergeht so ein Inseltag sehr zügig.

Als die Dunkelheit kam, begann ich mich sehr fremd zu fühlen. So heiß war es, dass der Körper fror, weil er nicht wusste, wie er sich verhalten sollte. Nacht, 30 Grad,

Schweiß und nirgends war ich. Zu Hause nicht, und hier, am Ende der Welt, auch nicht. Sich vergessen sollte man können, denn so ist einfach Nacht, das Meer liegt da, ein Mond steht oben, eventuell unten, es ist nicht auszumachen. Hinter mir brannten ein paar Wände. Waren nur Lagerfeuer und Fackeln, brannten, nichts zu hören als der Krach, den Tiere im Urwald machen. Ach wissen sie, das ist der typische Urwaldtierkrach. In dem Wald hinter mir, der so schwarz war wie das Meer vor mir, lebten Anacondas, Tiger, Affen, Ameisenbären. Tiere, die es sonst nur im Zoo gibt und die auf der Insel zu Versuchszwecken freigelassen wurden. Nie wäre mir eingefallen, an diesem Gedanken könnte etwas nicht richtig sein. Meine Welt war nur Zoo oder nur Fernsehen. Echt ist, was wir nicht kennen, wir Suchenden, wir Reisenden. 230 Millionen letztes Jahr, die nichts wollten als weg, ohne nachzudenken, was dann kommen sollte, nach dem weg. Das ist Tourismus, ein anderes Wort für was die Welt zum Untergehen bringen wird. Massenvölkerwanderung, Schlagseite und das Ding wird auslaufen. Was Neues suchen, was Echtes. Das Glück suchen, schauen, wie andere leben, die nicht ich sind, muss schon Glück sein.

So Sachen dachte ich, Dinge von unglaublicher Tiefe, während ich mit meinem Whiskey am Strand saß, in jener zweiten Nacht. Als mir dann die Gedanken ausgingen, beförderte ich mein Ich also in ein Boot und schickte das zu einem anderen Strand, das Boot ging unter in dieser Nacht, die war wie ein Mantel, zu früh dem Trockner entnommen, gemacht zum Whiskeytrinken. Ventilatoren und einsame Reisende, Malaria, Syphilis, weicher Schanker, im Arm eine Hure, noch einen Whiskey, Sam. Die Insel. Ich verstehe nicht, wer Inseln liebt. Menschen mit Platzangst haben auf Eiländern nichts zu suchen.

Einer von 800 unbewohnten Erdhaufen im Mergui Archipel in Burma, das jetzt anders heißt. Burma klang nach Goldenem Dreieck, Opiumhöhlen und Piraten. Myanmar, der heutige Name sagt: Ist doch egal, wie wir dich nennen, du Wurst. Um mich Meer und Tiere, die ich nicht kennen lernen möchte. Das Meer auch nicht, da kommt es an Land, setzt sich hin, raucht eine und bettelt: Wollen wir uns nicht kennen lernen? Ich sage: No Sir!

Ab ins Bett, auf den Fußboden, darum Stoffläppchen, das Zelt wie eine Badewanne, treibt über einen unredlichen Ozean, der folgt der Krümmung der Erde, das Zeug fließt den Fluss hinunter, ins Universum.

Ich schlief schon wieder gut.

Vierter Teil. Heute Seitdem sind zwei Wochen vergangen und ich bin mit meinen Notizen auf einem aktuellen Stand. Ich habe zwei Wochen keine Eintragungen gemacht, obwohl Kurt sagte, es sei wichtig, unsere Gefühle festzuhalten, für später. Aber unter uns, da waren keine Gefühle. Ich habe Thorsten sehr ausführlich beobachtet, das scheint mir ergiebiger als mich zu beschauen. So ein hässlicher, dummer Mensch. Ich verachte, wie er sich körperlich und seelisch gehen lässt, betrachte seinen weißen Leib, der seine Entsprechung in seinen laschen, aufgesetzten Handlungen findet. Ich beginne mich zu langweilen. Vermisse Telefon, Wallpaper, meine Bekannten und komme zu dem Schluss, dass ich nicht mehr weiß, was mich eigentlich an meinem alten Leben gestört hat.

Auf dem Teakholztisch steht Kaffee. Drei burmesische Boys rennen durch den heißen Morgen, kehren Häufchen zusammen, lesen Zweiglein auf, Kurts asiatische Freundin kocht amerikanisches Frühstück. Alles wie zu Hause. Da stehen auch immer asiatische Freundinnen in meiner Küche, während Männer Häufchen zusammenlegen. Eine Woche lang durften wir die Insel nicht verlassen. Zwischen Gesprächen und Spielen schlugen wir Holz für die Feuer, erlegten das eine oder andere Tier. In der zweiten Woche machten wir kleine Tauchfahrten in die nähere Umgebung. Heute sollen wir uns zum ersten Mal den Einheimischen dieses Gebietes stellen. Kurt hatte uns erzählt, dass es hier nur zwei Arten von Leuten gäbe: Seezigeuner und Piraten. Unter uns, ich habe kein großes Bedürfnis auf die Bekanntschaft mit diesen Leuten.

Wir fahren mit dem Schnellboot eine halbe Stunde über das Meer, mit zwei 400-PS-Motoren am Armeeboot, Käpten Kurt mit nacktem Oberkörper, den Blick auf das Entwicklungsland. Legen am Strand einer kleinen Insel an. Zwanzig kleine Stelzenhütten im Sand und ein paar Leutchen. Alle rauchen. Die Frauen, die Männer, die Kinder, die Hunde. Diese Sorte, die üppigen Ratten gleicht. Die Einwohner des Nestes sind Seezigeuner. In der Zeit, in der es keinen Monsun hat, treiben sie auf Holzkähnen über das Meer, von einer Insel zur nächsten. Sie ankern, die Männer tauchen nach Seegurken, die sich gut an Chinesen verkaufen lassen, die Frauen sammeln in den Korallenriffen Austern und Krebse. Wenn das Inselchen leer gegessen ist, fahren sie weiter zum nächsten. Sie hocken auf dem kleinen Boot, 15 Personen pro Sippe, alle rauchen, starren aufs Meer, das ist blau, fühlen das Wetter, es ist immer heiß. Die Seezigeuner kommen von einer Insel hier in der Gegend, die sie vor 300 Jahren verlassen haben. Warum, wissen sie, die keinen Begriff für gestern und morgen haben, nicht zu sagen. Fremde interessieren nicht.

Nach einer Minute schaut keiner mehr. Sind eben ein paar Fremde an Land gegangen. Wer will das wissen. 45 Grad, die Frauen hocken unter den Häusern und spielen Karten. Die Männer spielen mit geschnitzten, bemalten Würfeln und Lotterie. Lose ziehen mit Nummern, die stehen auch auf in den Sand gezogenen Feldern, darauf liegen die Gewinne. Tabak, Rum und Feuerzeuge. Trägheit und schwitzen, Hundekläffen, Kinderbrüllen, Rauch von Feuern, matte Ruhe. Lesen kann hier keiner. Keine Bücher, kein Focus, keine Bunte. Fernsehen kennt keiner, das Weiteste, was sie sich vorstellen können, sind die nächsten Inseln, vielleicht noch das Festland. Wo wir herkommen ist gleich. Aus der Welt hinter dem Festland. Ob es die gibt? Keine Ahnung. Es ist gegen Mittag, die Männer des Ortes haben schon redlich einen in der Krone. Hat man auch Langweile, wenn man kein Wort dafür kennt?

Am Strand liegt ein Hai. Jemand hat ihn erlegt, jetzt liegt er da. Ein mittelgroßer Fisch mit sehr dickem Bauch. Die Zigeuner stehen um den Hai und lachen. Was für ein unwürdiges Ende, ich denke mir, da läge ein Mensch, die Haie drumrum, klatschen in die Flossen und schneiden ihm den Bauch auf. Sechs kleine Haie darin.

Wir müssen schnell weg, sonst kommt die Nacht, wir müssten ins schwarze Meer springen, mit Tieren darin, um an Land zu kommen. Keiner sieht uns nach, als wir die Insel verlassen. Wer sich nicht für sich interessiert, interessiert sich auch nicht übertrieben für andere. Vielleicht ist das Glück. Die Pausen zwischen Schlaf, Essen und Rauchen, aufs Meer zu schauen, entleert von allem Überflüssigen. Was hilft denken? Sterben die, die viel denken, nicht? Werden sie nicht vergessen, nach einiger Zeit, ohne Spuren zu hinterlassen, und wenn, dann ist es auch egal?

Wir verlassen die Insel und ich frage mich, wozu diese Therapie-Einheit diente? Um Menschen zu sehen, die nichts haben und glücklich sind?

Ein Scheiß. Ich setze mich, zurück auf unserer Insel,

wieder an den Strand und habe das Gefühl, dass diese Reise außer dem Schlaf, den ich nachts finde, ein großer Quatsch ist. In ein paar Tagen werde ich wieder zu Hause sein. Und nichts wird sich geändert haben.

Sich aufzulösen in dem, was um einen ist. Nichts anderes wollen müssen, weil es einfach nichts anderes gibt. Wieder am Strand. Warten auf das koloniale Abendbrot. Irgendwo da draußen in der Dunkelheit treiben Boote mit Menschen darauf, die ich sein könnte. Was gibt es zu denken? Denkt sich der Seezigeuner. Der Tag besteht aus Hitze und Essen. Aus Rauchen und Schlafen. Was soll sein, dazwischen, was soll ich mir Gedanken machen über morgen. Wer weiß, ob es morgen gibt. Eine Erfindung. Die Tage, die immer gleich sind, auf einer Schnur aufgereiht, zählen die Zeit nicht. Wer weiß, ob es die Zeit gibt. Das Boot muss dicht sein, die Korallenbänke voller Austern, das Meer voller Seegurken, was geht mich der Rest an. Weiß ich, ob es den Rest gibt? Der Zustand in mir ist wie der Zustand des Meeres. Eine große Ruhe, die sich ändern kann, sehr schnell, in Bestürzung, und dann wieder zu Ruhe werden, nach Sekunden. In der Nacht liegen wir zu zehnt auf dem Deck wie ein großer Körper. Vielleicht gibt es einzelne Menschen nicht, vielleicht existieren sie nur als ein Leib mit vielen Beinen. Ich denke nicht an morgen, ich kenne kein Wort dafür. Das Atmen neben mir, mit mir verwandt, aus mit entstanden. Der Morgen kommt mit kleinen Wellen auf dem Meer, mein Leben ist egal. Es war besonders schön, als ich mich verliebte, als ich ein Kind bekam, und das zweite, es ist besonders schön, wenn die Sonne untergeht, wenn ich schlafen kann, wenn die Tage zu Ende sind. Die Tage sind heiß, ich lenke das Boot zu einer Insel, die allen anderen Inseln ähnelt. Besonders schöne Momente. Weniger schöne Momente, wenn wir einen auf einer Insel zurücklassen. Wenn aus der Familie einer auf einer Insel zurückgelassen wird, damit er sich entscheiden kann, ob seine Zeit zum Sterben gekommen ist. Nach einer Woche schauen wir nach ihm. Lebt er weiter, kommt er wieder an Bord. Ist er gestorben, bleibt er für immer an Land. Weniger schöne Momente. Glück, Unglück, ich kenne die Worte nicht.

Die Wellen schnappen nach Luft.

Die Beine zerstochen im Sand. Das Meer, die Tiere, es geht wieder los. Sie kommen in mein Zelt. Schlangen, Beutelratten, Tapire sitzen um mich und starren mich an. Was wollen sie mir sagen?

Wieder hell.

Fünfter Teil

Der neue Morgen, und wir wollen Seezigeuner auf ihren Booten besichtigen.

Wir fahren los.

Zehn Meter von uns entfernt treibt ein Holzkahn. An Deck stehen Menschen. Die haben Panzerfäuste, sagt Kurt. Yes Sir, sage ich, und die richten sie auf uns. Ein brillanter Blackbox-Dialog. Bedauerlich allein, dass keine Blackbox an Bord ist, dass das Bord sich auf einem Armeeluftkissenboot aufhält und dass eine Panzerfaust, abgefeuert auf ein voll getanktes Luftkissenboot, vermutlich nicht einmal eine Blackbox übrig ließe. Und selbst wenn, keiner würde sie suchen, denn wir sind am Ende der Welt. Drogenmafia, Seepiraten, Militär, keine Ahnung, für was die zehn schwer bewaffneten Asiaten auf dem Fischkutter kämpfen, es ist auf jeden Fall etwas anderes, als wofür wir unser Leben einsetzen würden. Unser Luftkissenboot fährt langsam auf das Boot mit den Bewaffneten zu. 40 Grad, eine kleine Bucht am Ende von allem. Warum war ich hier? War ich, denk ich. Denke, so ist das also, wovon man ab und an einen Vierzeiler in der Presse liest. Touristen als Geiseln genommen, zu Tode gekommen. Und die das lesen, denken: Selber Schuld. So ursprünglich, so liebe Leute, was für ein schönes Land, sie werden unterdrückt und haben Hunger, aber sie sind so glücklich, die Leute hier, sagen die Touristen, dann fahren sie wieder heim und warten, ob sie eine Malaria bekommen. Das ist das Schlimmste, was sie sich vorstellen können. Keiner glaubt, dass ihm im Urlaub was passieren kann, weil ist doch gebucht zu Hause, werden doch nix Gefährliches verkaufen da. Dass die meisten Länder, in die man so fährt, in sich verfaulen, mit Folter, Unterdrückung und dem ganzen Mist, wen interessiert das schon. Hat mich auch nicht interessiert, ich bin hier, um mich zu finden. Jetzt touchieren sich die Boote, drei junge Männer springen an Bord. Sie wirken nervös, haben verspannte Gesichter, geweitete Augen, die Hände fahrig, darin Abzüge mit rostigen Gewehren dran. Stillstand. Weiß nicht, wer die Männer sind, was sie wollen, worum es geht. Es geht nur noch um Angst, aber das definitiv. Wir haben Angst, sie haben Angst, alle aus verschiedenen Gründen. Am Ende steht der Tod. Angst ist der Moment davor und macht unbesonnen. Die Soldaten sind jung, vielleicht 18 bis 25. Wovor haben die Angst? Der burmesische Dolmetscher zittert. Nach einer Stunde flüstert er mir zu: Das sind Rebellen. Ich hocke auf dem Rand unseres Bootes, im leeren Raum, der Dolmetscher flüstert wieder: Sie wissen nicht, was sie tun sollen. Wenn sie uns fahren lassen mit unserem Speedboot und wir dem in der Nähe stationierten Militär funken, wo sie sich aufhalten, sind sie tot. Klare Sache. Entweder sie tot oder wir tot. Wessen Tod wäre tragischer? Die Soldaten sind immer noch nervös. Sie lächeln nicht und wenn, wüsste man, was lächelnde Asiaten bedeuten. Das Boot schaukelt leise,

Tiere am Ufer singen, Zeit, Abschied zu nehmen. Sehr kalt ist mir innen, sehr ruhig sitze ich und denke traurig an Liebe, die ich nie gelebt habe. Kurz vor dem vermeintlichen Ende scheint das Leben speziell großartig. Dinge, die mir schon lange egal waren. Ein Frühling und ein See wie er riecht. Ich schaue den Film eines mäßigen Lebens, während ich warte. Auf irgendwas.

Ich sehe zu meinen Kameraden. Thorsten zittert am ganzen schwammigen Leib, er stößt unangenehme Winseltöne aus. Kurt blickt markant. Er ist die Sorte, die von sich vermutlich sagt: Ich bin ein harter Hund.

Ich wende mich wieder mir zu. Forsche nach Angst, die ist da, aber sie ist überschaubar geworden. Ich habe mich arrangiert mit der Angst, sie bringt meine Organe nicht mehr durcheinander.

Nach einer Stunde oder zwei ist der Zeitpunkt für eine spontane Exekution überschritten. Die Rebellen sind keine üblen Menschen, ich kann ihnen noch nicht mal böse sein. Sie wollen mehr im Leben als ich. Wer für die Freiheit seines Volkes den Arsch riskiert, verdient Respekt. Erschießen steht nicht mehr an, nun überlegen beide Rebellen-Commander, ungefähr zwanzig Jahre alt, ob sie uns mit in ihr Lager nehmen sollen. Irgendwo im Dschungel, Stunden entfernt. Der Dolmetscher wirft in die Diskussion ein: Aber das geht nicht, wir haben Gäste dabei. Die Rebellen denken an Schwund im Busch und beraten weiter. Nach der Todesangt, das kann jeder Verstorbene bestätigen, stellt sich eine große Gelassenheit ein. Besser hier sterben oder im Rebellenlager, als zu Hause von einem Golf überfahren werden. Ich habe alles gehabt, alles gesehen, warum nicht abtreten, bevor es nachlässig wird mit der Haut, den Knochen.

Thorsten fängt an, mir schwer auf die Nerven zu gehen. Er bettelt in leisem Singsang die Rebellen an: Lasst uns gehen, bitte, ich bin noch so jung. Oder lasst nur mich gehen. Ich muss wegschauen, kann diese Erniedrigung kaum ertragen.

Die Rebellen verhandeln, trinken Rum dazu, wissen nicht weiter, sie müssten ihre Chefs fragen, die sitzen im Lager. Wir sitzen hier. Die Verhandlungen gehen in die dritte Stunde. Thorsten fiept nervtötend, ich zischle ihm zu, er solle den Mund halten, nur die Leute nicht nervös machen. Doch da ist es schon zu spät. Einer der Rebellen steht auf, geht auf den DJ zu, der zitternd in einer großen Pfütze sitzt. Ich höre ein klatschendes Geräusch, dann ist DJ Thorsten verschwunden. Ich habe keinen Schuss gehört, aber das Wasser färbt sich rot. Innerhalb der nächsten Minuten sind die Rebellen weg. Ich bin ein wenig durcheinander. Wir fahren schweigend mit unserem Boot über das Meer. Kurt erzählt irgendwas, das ich nicht verstehe.

Auf der Insel lege ich mich sofort schlafen.

Sechster Teil Am neuen Morgen ist es wie immer. Der Kaffee steht auf dem Tisch, wir fangen mit unseren Entspannungsübungen an. Ich erwarte jeden Moment, dass Thorsten schreiend aus dem Unterholz hüpft, wo er seine Ängste besiegt hat. Aber er kommt nicht. Weder Kurt noch ich erwähnen ihn in den verbleibenden drei Tagen.

Letzter Teil Inzwischen bin ich wieder zu Hause.

Ich sitze an meinem Schreibtisch. Was soll ich sagen. Das alte Feuer ist zurückgekehrt. Ich habe wieder Freude an meiner Arbeit, ich werde den Gewinn im nächsten Quartal verdoppeln. Gestern hat Kurt angerufen. Er hat mich gefragt, ob ich mit dem Ergebnis des Urlaubs zufrieden war. Ich habe nicht lange nachdenken müssen. Fünfzig Prozent Erfolgsgarantie, sagte er zum Abschied.

Ich vergesse ihn, als ich das Telefon aufgelegt habe. Ich denke, das Geheimnis eines erfüllten Lebens besteht darin, für sich ein Thema herauszufinden. Ein Geheimnis oder eine Sache, die größer scheint als man selber.

Zweimal

0. Sie liegt auf dem Bett, ihre Finger trommeln, zupfen an der Decke herum, ihr Mund ist gespitzt, sie versucht, tonlos zu pfeifen, die Augen hat sie an die Decke gedreht, die Füße wippen, ich versuche, sie zu ignorieren. Meine Kiefer sind so fest aufeinander gepresst, dass ich vom Knirschen meiner Zähne erschrecke. Ich würde ihr sehr gerne erst die Finger brechen, dann die Augen mit Sekundenkleber zupappen, die Füße schnüren und den spitzen Mund mit einem Bügeleisen bearbeiten. Eingeschaltet, versteht sich. Höchste Stufe.

Der Urlaub ist eine Katastrophe. Es ist nicht unsere erste, aber so Gott will unsere letzte gemeinsame Reise. Vielleicht stehen alle Unternehmungen außerhalb des Alltags mit Menschen, die man länger als zwei Jahre kennt, unter einem schlechten Zeichen. Das Kennen möchte ich streichen. Ich habe keine Ahnung, wer diese Person ist. Die Hormone haben uns aneinander gekettet, und nach einem halben Jahr war sie eben da, ich auch, wir fingen an gemeinsam fernzusehen, und das ist so verkehrt nicht. Ich habe mich daran gewöhnt, einem Menschen zu sagen, wo ich hingehe und warum, es hat durchaus etwas Angenehmes, sich so mitzuteilen, verleiht es doch der eigenen Existenz eine kleine Wichtigkeit. Dass meine Wohnung seit unserer gemeinsamen Zeit immer geordnet war, es gutes Essen gab und die Hemden gebügelt, empfand ich als sehr angenehm. Es wäre gelogen zu behaupten, dass die Beziehung mit ihr furchtbar war. Jetzt ist sie furchtbar. Aber ich habe gelernt, momentanen Gefühlen nicht zu viel Beachtung beizumessen. Zu Hause verschwimmen Personen hinter den Tagesabläufen zu etwas Unscharfem, Unwichtigem. Hier jedoch, in einem fremden Land in einem karg möblierten Hotelzimmer, hat es nichts, hinter dem man sich verbergen kann. Gefühle treten unangenehm klar zu Tage, das ist, was ich meinte, als ich von der Fragwürdigkeit von Reiseunternehmungen mit Frauen sprach, mit denen man eine eheähnliche Gemeinschaft gebildet hat. Wozu soll das gut sein? Die Verliebtheit ist vorüber, in der man sich aneinander in neuem Umfeld hätte berauschen können. Was danach kommt, ist eine Person, mit der man eine Zweckgemeinschaft aufrechterhält, und schnell stellt sich im luftleeren Urlaubsraum heraus, dass man mit dem Menschen, mit dem man sonst eine große Vertrautheit zu spüren meint, nichts gemein hat.

Von der ersten Minute in Hongkong fiel sie mir emotional zur Last. Ich liebe die Stadt, muss man wissen, ich war schon ein paar Mal hier und hatte mich auf sie gefreut wie auf einen guten Bekannten. Ich bin erst Ende zwanzig, aber manchmal will mir scheinen, ich sei als Pensionär auf die Welt gekommen. Als britischer Pensionär. Ich liebe gutes Tuch an meinem Körper, zu einem leichten Sommerhut sage ich nicht nein, ich schätze die englische Literatur und niemand wird mich von meinen höflichen Umgangsformen und dem Fünf-Uhr-Tee abhalten. Ich weiß nicht, warum ich diese kleinen Gedanken jetzt aufzeichne. Zurück zu meinem Urlaub. Ich hatte mich also auf die Stadt gefreut, gerade weil sie mir bekannt war, denn ich habe herausgefunden, dass mir beim Reisen Vertrautheit sehr entgegenkommt. Ich schätze Überraschungen nicht, und zu wissen, wo ich meinen Tee einnehme, welche Bahn zu welchem Ziel fährt, wo es sich am schmackhaftesten dinieren lässt, gibt mir die Sicherheit, die mich eine fremde Umgebung erst recht genießen lässt. Sie hasste die Stadt. Bereits im Taxi vom Flughafen nach Hongkong Island verzog sie den Mund und verdrehte die Augen. Ich habe keine Ahnung, was es beim Anblick eines gepflegten Meeres und Hochhäusern, die sich an grüne Bergrücken schmiegen, zu beanstanden gibt, aber sie wird schon ihre Gründe gehabt haben. Ich gebe zu, dass das Hotel, das ich für uns ausgewählt hatte, nicht zu den besten der Stadt gehört. Ein einfaches sauberes Zimmer in einem Hochhaus im ehemaligen Ausländerviertel, unten kleine Gassen und gut geführte Bars, ein Ausblick auf die Rolltreppe, die durch das Viertel bergan führt, so verkehrt ist das nicht. Hatte ich gedacht und damit falsch gelegen. Sehr schnell stellte sich heraus, dass wir verschiedene Dinge im Leben schätzen. Ich war mit wenig zufrieden, und das wenige hieß in erster Linie: Ruhe. Ich war glücklich, wenn ich mit einer Tageszeitung oder meinen Notizen in einem Café sitzen konnte. Die Menschen anschauen, den Blick in den Himmel, der hier kaum zu sehen ist, weil davor Hochhäuser stehen, so hätte ich sitzen mögen, den ganzen Tag. Ich erwarte vom Reisen keine neuen Entdeckungen. Menschen sind überall Menschen, ob sie sich in Slums aufhalten oder in Hochhäusern, das ändert an ihrer Grundzusammensetzung wenig. Was ich an fernen Orten schätze, ist vor allem, mich in der Fremde zu erleben. Mit welcher Gelassenheit ich Sprachbarrieren überwinde und wie wenig ich benötige, damit mir wohl ist, das genieße ich. Sie hatte eindeutig andere Vorstellungen. Reisen hieß für sie, möglichst viel in einer effektiven Zeitspanne zu besichtigen. Sie hatte mehrere Reiseführer bei sich. Jeden Morgen fügte sie mir fast körperliche Schmerzen zu mit dem Programm ihres Tages, an dem ich leider teilnehmen sollte. Mit der Seilbahn auf den Peak, dann herunterwandern, eine Kirche besichtigen, das Norman-Foster-Haus besteigen, nach Kowloon die Einkaufszentren abklappern, Chungking erforschen auf den Spuren Wong Kar-Wais, das war in etwa das Programm eines durchschnittlichen Tages. Nicht zu vergessen das ständige Zeigen von Dingen, die sie aus dem Reiseführer wieder erkannte. Finger auf Hochhäuser, schau die Hochhäuser, Finger auf eine U-Bahn, siehst du die U-Bahn. Sie können sich denken, dass einem mit einem ständig vor das Gesicht gehaltenen Frauenfinger nicht recht gemütlich werden kann. Vier Tage hielt ich durch. Ich tappte hinter ihr her, mit ständig wachsendem Hass auf sie, ihre schrille Stimme, ihren schulmeisterlichen Tonfall, ihren dämlichen Hinterkopf. Hinter ihr, wohlgemerkt, denn ständig lief sie ein paar Schritte vor, damit sie zeigen konnte, wo es langgeht. Ich überlegte mir immer neue Zubereitungsarten für ihren Finger. Auf die Idee, mich zu fragen, wie ich den Tag verbringen wollte, kam sie selbstredend nicht. Für sie gab es kein du und ich mehr. Aus zwei Personen war ein schlieriges WIR geworden. Ein Monstrum mit vier Armen, vier Beinen und wenig Hirn.

Und nun, nach der kurzen Einführung kommen wir zu dem heutigen Tag. Sie liegt also, wie beschrieben, auf dem Bett. Ihr ganzer Körper schreit: Ich langweile mich und du bist schuld daran. Ich sitze am Fenster, mache Notizen, tue, als ob mich ihre Anwesenheit nicht im Mindesten belästigen würde. Mit mäßigem Erfolg, wie mir meine mahlenden Kieferknochen verraten. Morgen ist Silvester. Nicht, dass ich diesem Fest besondere Beachtung schenken wollte, nur ein kleiner Aberglaube verbindet mich mit dieser Stunde kollektiv verbrachter Entblödung. Ich glaube daran, dass das Gefühl, das man Punkt 24 Uhr hat, das darauf folgende Jahr bestimmen wird. Mir graut vor einem Silvester mit ihr, hier in dieser Stadt, die durch sie jeden Zauber verloren hat. Ich möchte bis morgen also unbedingt in mir einen Frieden erzeugen, doch ein kleiner Blick auf das Bett mit ihrem leidigen Leib darauf lässt mich augenblicklich nervös werden. Fast kann ich nicht atmen, denn die Anwesenheit ihres fordernden Körpers im Zimmer scheint den Raum zu füllen, und ich muss raus. Unbedingt und schnell. Zwar ahne ich bereits, dass sich meinem Tun eine große, unerfreuliche Diskussion anschließen wird, doch ich kann nicht anders. Ich springe vom Stuhl auf und teile ihr mit, dass ich unbedingt für eine Weile allein sein müsse. Ehe sie etwas erwidern kann, bin ich aus dem Zimmer verschwunden. Die Erleichterung, die sich auf der Strasse meiner bemächtigt, ist kaum zu beschreiben. Ich atme tief durch, mit zitternden Knien gehe ich in ein Café. Dort sitze ich eine Stunde, bis ich völlig vergessen habe, dass ich mich in einem Leben sehe, vor dem mir ekelt. Ich bin eins mit der Stadt. Wie schwebend verlasse ich das Café, schlendere durch Gassen, an Garküchen vorüber, eine solche Leichtigkeit umhüllt mich, dass mir fast schwindelig wird. Waren Sie schon einmal nachts in Asien unterwegs? Haben Sie gerochen und geschaut, was da so passiert? Rote Lichter, ein Geschmack nach Huhn und Meer in der Luft, immer wieder setze ich mich auf Treppen und lasse den Strom der Menschen an mir vorübertreiben. Ich fühle mich nicht einsam hier, so wie man vermuten könnte, umgeben von fremden Worten, sondern als Teil einer Masse, die nichts will außer durch die Nacht zu laufen und zu atmen. Dann erinnere ich mich daran, dass irgendwo eine Frau liegt. Die mir fremder scheint als alle Menschen um mich. Die macht, dass ich die Schultern hochziehe und mich wie ein Junge fühle, der allein durch seine Anwesenheit etwas Verbotenes tut. Mit schleppenden Schritten gehe ich ins Hotel zurück und das Unglück manifestiert sich körperlich. Ich kann Ihnen nicht sagen, warum ich noch mit ihr zusammen bin, da sie mich doch so unfroh macht. Ich denke, ich habe kaum eine andere Wahl. Jeder Mann wird zu einem großen Teil unglücklich durch die permanente Anwesenheit einer Frau. Zu verschieden, was beide Rassen vom Leben wollen. Fünfzig Prozent Leid gegen fünfzig Prozent Annehmlichkeit, die ich eingangs schon geschildert habe. Den Genuss regelmäßigen Sexualverkehrs mal ganz beiseite gelassen. Ich bin der festen Überzeugung, dass es mir mit jeder anderen Frau ähnlich erginge. Als ich in das Zimmer komme, sitzt sie am Tisch und liest in meinen Reisenotizen. Nimmt mir das Letzte, was noch mir allein gehört, wie Träume stehlen ist das, und der Impuls sie zu schlagen ist fast übermächtig. Das mache ich nicht, gehe nur mit schlecht unterdrücktem Zittern auf sie zu und entreiße ihr das in Leder gebundene Heft.

1. Ihre Reaktion erstaunt mich. Sie umarmt mich und teilt mir mit, dass sie nicht geahnt hätte, dass mir der Urlaub so missfällt. Als wir später in einem indischen Restaurant sitzen, schäme ich mich fast für die schlechten Gedanken, die ich ihr gegenüber hatte. Sie ist liebevoll und aufmerksam, sie hört mir zu und entscheidet, dass wir den nächsten Tag getrennt verbringen sollten.

Am folgenden Tag fahre ich an einen Strand. Ich liege stundenlang mit einem Buch im Sand und bin glücklich.

Fast scheint mir, falls es so etwas wie Liebe gibt, die ich ihr gegenüber empfinde, dann ist sie am stärksten in ihrer Abwesenheit zu spüren.

Am Abend treffen wir uns zu einem Essen, das geschmackvoll und heiter abläuft, später sitzen wir vor der geöffneten Tür einer australischen Bar und warten auf Mitternacht. Das stellt sich in Asien sehr leise ein, da der Brauch Silvester zu feiern hier weitgehend unbekannt ist. Ein paar Australier zerstechen Luftballons, ein paar Asiaten klatschen. Dann wird gezählt und Prost Neujahr gerufen, das gefällt den Asiaten so gut, dass sie noch eine Stunde lang damit fortfahren. Wir umarmen uns Schlag zwölf, mein Gefühl ist angenehm entspannt. Tags darauf reisen wir ab. Zu Hause machen wir klaren Tisch, wie sie sagt. Wir ziehen zusammen in meine Wohnung, die sowieso zu groß ist für einen Jungesellen. Zwei Monate darauf heiraten wir. Nicht zuletzt, weil ich Vater werde. Das mag für einen Außenstehenden überstürzt klingen, doch glauben Sie mir, ich bin kein Freund vorschneller Entschlüsse. Das Zusammenleben mit ihr ist im Rahmen der Möglichkeiten harmonisch, und die Aussicht, dass sie ein Kind bekommt, entspannt mich. Sie wird einen Menschen außer mir haben, auf den sie sich und ihre Zärtlichkeit konzentrieren kann. Das entlastet mich.

Die klare Aufteilung und Übersichtlichkeit meines Lebens gefällt mir. Nach wie vor ist mir am wohlsten, wenn ich an meinem Schreibtisch sitze und arbeite. Ich übersetze wissenschaftliche Texte aus dem Dänischen ins Deutsche. Eine Tätigkeit, die etwas sehr Geordnetes hat. Die ich mag, weil sie es mir erlaubt, alleine zu sein. Für das Häusliche ist meine Frau zuständig. Sie ist mein emotionaler Kontakt zur Außenwelt, meine Tochter sorgt für den nötigen Austausch von Zärtlichkeiten. Getrost kann ich in meinen Notizen die Jahre bis zur Einschulung unseres Kindes überspringen. Das Kind, ein Mädchen, hatte alle Kinderkrankheiten, wir dadurch einen latenten Schlafmangel, der uns etwas gereizt werden ließ, doch im Allgemeinen waren es freundliche, ruhige Jahre. Die Wochenenden bestanden aus Zoobesuchen, Radtouren und Schwimmbadaufenthalten. Nach fremden Frauen hat mir nie verlangt, außer einmal, da ich bei einer Prostituierten war. Aus dem Gefühl heraus, dass ich das doch einmal erlebt haben sollte, ehe ich körperlich zu untragbar für die arme Dienstleistende würde. Meine Arbeit ernährte meine Familie ganz annehmbar, doch in Urlaub waren wir nie mehr. Im Rückblick flog die Zeit schnell vorbei. Ich habe mein Alter nicht kommen sehen. Es waren freundliche, stille, auch ereignislose Jahre, was mir nicht unangenehm war. Es gab keinen Streit, meine Frau wurde immer runder und ruhiger, wir redeten nicht sehr viel miteinander, es gab auch kaum etwas zu besprechen. Ich lebte von Montag bis Sonntag, von morgens bis abends, meine Zeit war durch strenge Rituale konzipiert, die mir Sicherheit und Ruhe gaben. Am Wochenende der Spaziergang, das Einkehren in dem immer selben Restaurant. Die Betrachtung der Natur. Unter der Woche die Teezeit, die Nachrichten und der kleine Spaziergang um den Block. Vor dem Schlafen die Lektüre anspruchsvoller Bücher. Nichts Wildes. Ein ruhiges Leben, wie ich es mir immer vorgestellt hatte. Bestimmt gibt es Menschen, die sich Illusionen von ihrem Leben machen. Die denken, es müsste so sein, wie sie es in Filmen beobachten. Ich jedoch habe genug Verstand um mir zu sagen: Ein Film dauert zwei Stunden, in einem Leben geht es darum, täglich 24 Stunden mit Würde herumzubekommen. Ich glaube nicht, dass es sich um mehr handelt. Ich bezweifle die nachhaltige Wirkung von Exzessen, von großen Leidenschaften und Katastrophen. In dieser Hinsicht möchte ich meine Lebensführung als gelungen bezeichnen.

Als meine Frau stirbt, bin ich bereits 60. Eine unheilbare Form von Unterleibskrebs hat sie mir genommen. Meine Tochter lebt seit Jahren in Amerika, sie ist dort mit einem Bankangestellten verheiratet. Ich realisiere einige Wochen lang nicht, dass sich mein Leben gewaltig ändern wird. Nun jedoch, da ich mich alleine in der Wohnung aufhalte, die wir nie gewechselt hatten in all den Jahren, fühle ich mich ein wenig merkwürdig. Meine Rituale halte ich weiterhin ein. Am Sonntag sitze ich alleine in dem Restaurant, in dem wir über Jahrzehnte verkehrten, ein leeres Gedeck an der Stelle, an der sie immer saß. Zu Hause scheint es, als ob mir etwas Wesentliches abhanden gekommen wäre, von dem ich nicht sagen kann, um was es sich handelt.

Nach einigen Wochen, in denen ich mich immer mehr in einer unbestimmten Leere verloren habe, liege ich nachts im Bett. Ich friere und habe ein Gefühl großer Trauer. Ich habe mich kurz zuvor im Badezimmer-Spiegel betrachtet und war sehr erschrocken. Es war ein alter Mann, der mir entgegenblickte. Ein alter Mann, der mir fremd war, denn ich hatte mich immer so gesehen, wie ich damals in Hongkong gewesen war. Ende zwanzig und von unbestimmtem, aber jugendlichen Äußeren. Ich verstand nicht, wo all die Falten herkamen, die sich an mir befanden, wo das Haar war. So liege ich im Bett und denke an mein Leben. Ich überlege mir, was wohl aus mir geworden wäre, hätte sie damals in Hongkong, als ich sie mit meinen Notizen überraschte, anders reagiert.

2. Ihre Reaktion erstaunt mich. Ruhig legt sie mein in Leder gebundenes Buch auf den Tisch zurück. Geht, immer noch ruhig, an mir vorbei und beginnt zu packen. Ich sage nichts, denn wenn ich etwas sagen würde, hätte ich Angst, sie würde mit dem Packen innehalten. So stehe ich nur mit heftig schlagendem Herzen und denke: Sie geht. Hurra, sie geht. Ich begehe innerlich einen kleinen Stepptanz, ich habe Sorge, dass das Schlagen meines Herzens zu laut ist, sie die Freude meiner Organe hört und es sich anders überlegt. Aber sie fährt fort, klappt den Deckel des Koffers zu und sagt in der Tür: Ich gehe. Dann geht sie. Die Tür schließt sich und ich sinke auf das Bett. Eine so übermächtige Erleichterung habe ich noch nie erlebt. Nach einer halben Stunde kann ich wieder ruhig atmen. Ich hüpfe, ja, so muss ich es sagen, in das Café vor unserem Hotel. Die Schiebetüren sind geöffnet, ich sitze da, stundenlang, und betrachte die Rolltreppe, auf der sich immer gleich aussehende Menschen stehend in den Himmel befördern lassen. Himmel, denke ich. Das ist der Himmel. Den nächsten Tag erlebe ich mit einem Glücksgefühl, das ich von mir nicht kenne. Ich liege an einem Strand, lese ein Buch. Als der Abend naht, gehe ich in mein Hotel, ziehe mich gut an und gehe zu Tisch. Ich muss mit niemandem reden. Großartig. Ich habe selten eine Mahlzeit mit solchem Hochgefühl eingenommen. Um Mitternacht sitze ich vor einer Bar und trinke einen Whiskey. Mein Gefühl um Mitternacht grenzt an freudige Idiotie. In den nächsten Tagen beschließe ich, nicht mehr zurückzukehren. Was mich zu Hause erwartet, kenne ich. Nicht, dass ich die ruhigen Gewohnheiten daheim nicht zu schätzen wüsste, aber ich habe das tiefe Gefühl, dass ich an diesem Ort etwas finden werde, das mehr ist, als ich bisher erlebt habe. Ich regle meine Arbeitslage mit meiner Agentin.

Ich bin freiberuflicher Übersetzer wissenschaftlicher Texte aus dem Dänischen, der Ortswechsel stellt kein besonders Problem dar. Ich nehme mir eine bezahlbare Wohnung in Kowloon. Das Viertel, in dem sie sich befindet, ist nicht unbedingt attraktiv, aber exotisch genug, um mir ein Gefühl von Wildheit zu vermitteln. Meine Wohnung besteht aus einem Zimmer mit einem vergitterten Fenster im 16. Stock eines Hauses, das wirkt, als sei es aus dem Mittelalter. Außen hat es sehr viele Ventilatoren, die eine braune Flüssigkeit an die Hauswand abgegeben haben. Einer dieser Ventilatoren sitzt direkt neben meinem Fenster, das im Übrigen sehr undichte Scheiben hat. Er rotiert Tag und Nacht, ich frage mich, wozu er gut ist. Es scheint, als würde das Haus durch ihn atmen, mit einer sehr verschmutzten Raucherlunge. In meiner Wohnung hat es sehr viele Kakerlaken. Mich stört ein wenig Gesellschaft nicht. Das Haus ist bis in den letzten Winkel bewohnt von Indern und alten Chinesen. Es ist sehr schmutzig. Es ist sehr hellhörig. Ich befinde mich inmitten eines dicht gewobenen Geräuschteppichs. Chinesische Popmusik, Streitereien, Weinen, unmelodische Gesänge, Geschlechtliches, all das macht mich fühlen, als befände ich mich im warmen Leib einer chinesischen Mutter. In der ersten Nacht sitze ich auf dem Bettgestell, das ich mir gekauft habe, und beobachte an der gegenüberliegenden Hauswand die größten Ratten, die ich jemals erblickt habe. Ich würde in der Dunkelheit meinen, sie seien größer als mittelkleine Hunde. Der Ventilator schnurrt und scheppert, von draußen dringt kühle Meeresluft in mein Zimmer, gemischt mit vielen Gewürzen und dem Gestank getrockneten Fisches. Mag sein, dass das alles nicht besonders romantisch klingt, dennoch bin ich in jenem Moment so glücklich wie noch nie in meinem bisherigen Leben. Die nächsten Wochen vergehen in einem dauernden Hochgefühl. Ich erforsche mein Viertel, freue mich über die kleinen Gesten der Vertrautheit mit den Händlern, bei denen ich meine Besorgungen mache, genieße den Fünf-Uhr-Tee im Regency Hotel bei schlechter Klaviermusik, umgeben von englischen Touristen. Und bin voller heimlicher Freude, denn sie müssen wieder abreisen, während ich hier zu Hause bin. Auf die bürokratischen Formalitäten möchte ich nicht eingehen. Ein eher ermüdendes Kapitel chinesischer Verwaltungstätigkeiten. Nachts habe ich mir angewöhnt zu arbeiten oder an meinen Notizen zu sitzen. Am Wochenende mache ich Ausflüge in die Berge oder an den Strand. Ich lerne niemanden kennen, denn der Chinese ist an Bekanntschaften nicht recht interessiert. Doch das stört mich nicht. Mir fehlt niemand, da ich mich in jener Zeit sehr gut mit mir vertrage. Will ich einmal laut reden, so führe ich Gespräche mit den Ratten vor meinem Fenster. Sie verstehen mich überraschend gut.

Diese wundervolle erste Zeit werde ich nie vergessen. Das Ende jener friedlichen Periode folgte erst nach einigen Jahren. Ich sprach damals bereits leidlich Chinesisch und fühlte mich recht aufgehoben in meiner neuen Heimat, als von einem Tag auf den anderen die Übersetzungsaufträge aus Deutschland ausblieben, was mich in eine tiefe Krise stürzte, ohne dass ich sie als solche erkannte. Ich hatte nicht sehr viele Rücklagen, weil Hongkong ein sehr teurer Ort zum Leben ist, wenn man seinen europäischen Standard auch nur ansatzweise beibehalten möchte. Die Tragödie war mir als solche nicht recht klar, denn zu jener Zeit war ich sehr übermütig.

Ich hatte mich verliebt. In eine chinesische Frau, eher noch ein Mädchen, mit liebevollen Augen und winzigem Körper. Das Mädchen und ich redeten nicht viel miteinander, doch war sie mir wie eine Blume, die ich in meiner Nähe wusste. Sie beim Singen und Lachen zu beobachten, über ihre weißen Glieder zu fahren, machte mich taumeln. Das Mädchen arbeitete in einem etwas zweifelhaften Milieu und brachte mich mit der Unterwelt in Berührung. Mit welcher ist nicht von Belang, auch möchte ich nicht auf die Art der Drogen eingehen, die ich mit ihr probierte, doch es war eine eindeutige Erweiterung meines bisherigen Erfahrungszirkels. An jene Wochen erinnere ich mich wie an einen sehr bunten Film, den ich in einem Kino hätte gesehen haben können. Der Film hatte mit Musik zu tun und mit Wärme. Bilder gab es, auf denen wir benommen am Strand lagen, in der Nacht. Wie unter Wasser schwamm ich mit dem Mädchen durch die laute Stadt, um mich war absolute Stille. Meine Wohnung erschien wie ein schwankendes Schiff mit ihr, die Ratten wurden mir zu wirklichen Freunden. Mir schien, sie trugen Hütchen und bunte Pappnasen. Es war eine völlig neue Erfahrung, die ich auch jetzt, im Rückblick, nicht missen möchte. Es war vielleicht das Einzige, was in meinem Leben zählen würde, wenn es einmal zu Ende gehen sollte. Klar, dass ich in dieser Phase meines Lebens den Ernst der Lage nicht begreifen wollte. Selbst als zwei stämmige Chinesen erschienen und mich aus der Wohnung warfen, erlebte ich das nur als spannende Erfahrung. Von da an schlief ich im Park. Es war Sommer und die Nächte waren extrem heiß. Meine Freundin verschwand von einem Tag auf den anderen, ob es mit meiner finanziellen Lage zu tun hatte, darüber mochte ich nicht nachdenken. Es war nicht wichtig. Ich befand mich im absoluten Einklang mit mir, Äußerlichkeiten konnten mir nichts anhaben. Ich weiß nicht, ob das jemand nachvollziehen kann, es ist letztlich auch nicht wichtig. Wissen Sie, mir war egal, was ich besitze, was mit meinem Körper geschehen würde, ob ich sterben sollte. Ich fühlte mich wie eine Zelle in einem großen Organismus. Ich wollte nichts, hatte keinerlei Bedürfnisse, zu sein genügte mir.

Inzwischen bin ich 60. Ich hätte nicht geglaubt, dass ich mich so schnell in einem Alter aufhalten würde, das vor kurzem so weit entfernt schien wie der Mond. Ich lebe im Hinterzimmer einer Strandkneipe. Wenn es etwas zu tun gibt, arbeite ich hier. Ich wasche das Geschirr, kehre Küche und Gastraum, trage Wasser und töte Hühner. Ich habe reichlich Essen und bin im Rahmen meiner Möglichkeiten gepflegt. Drogen nehme ich nur zu bestimmten Anlässen. Dann sitze ich am Strand und lache über die Albernheit des Lebens. Ich sehe aufs Meer, auf die Lichter Hongkongs, auf die Schiffe, die vorüberfahren, und der Wind ist mir warm. Ich lache und denke, wie es wohl gewesen wäre, wenn ich damals in jener Silvesternacht mit meiner deutschen Freundin zurück nach Hause gefahren wäre. Und dann muss ich noch mehr lachen, bis ich in den Sand sinke, der mir ein gutes Bett ist.

0. Da steht sie. Mit meinen Notizen in der Hand. Ich bebe vor unterdrücktem Zorn. Ich habe das Gefühl, von ihrer Reaktion wird mein weiteres Leben abhängen. Morgen ist Silvester.